EDITION
MASCHKE
«HOHENHEIM»

Hermann Ungar
Die Verstümmelten
Roman

EDITION
MASCHKE
«HOHENHEIM»

ISBN 3-8147-0013-9

Umschlaggestaltung: Rambow/Lienemeyer/van de Sand, Frankfurt
Titelbild: George Grosz, mit Genehmigung der Verwertungsgesellschaft Bild & Kunst, Bonn
Satzherstellung: Deutscher Ärzte-Verlag GmbH, Köln-Lövenich
Druck und Bindearbeit: May & Co., Darmstadt

1

Von seinem zwanzigsten Lebensjahr an war Franz Polzer Beamter einer Bank. Täglich um dreiviertel acht Uhr morgens ging er in sein Bureau, niemals um eine Minute früher oder später. Wenn er aus der Seitengasse, in der er wohnte, hinaustrat, schlug die Uhr vom Turm dreimal.

Franz Polzer hatte in der ganzen Zeit, in der er Beamter war, weder jemals seine Stellung noch die Wohnung gewechselt. Er bezog sie, als er sein Studium aufgab und in seinen Beruf eintrat. Seine Wohnungsgeberin war Witwe, etwa so alt wie er. Als er zu ihr einzog, war sie im Trauerjahr nach ihrem Gatten.

In all den vielen Jahren seiner Beamtenzeit war Franz Polzer niemals am Vormittag auf der Straße, außer am Sonntag. Er kannte den Vormittag der Werktage nicht mehr, wo die Geschäfte geöffnet sind und einige Menschen auf den Straßen einander drängen. Er hatte nie einen Tag in der Bank gefehlt.

Die Straßen, durch die er morgens ging, boten täglich das gleiche Bild. An den Geschäften wurden die Rolläden hochgezogen. Vor den Türen standen die Kommis und warteten auf ihre Chefs. Täglich traf er die gleichen Menschen, Schulmädchen und Schuljungen, verblühte Kontoristinnen, schlechtgelaunte Männer, die in ihre Bureaus eilten. Er schritt unter ihnen, den Menschen seiner Tageszeit, eilig, achtlos und ungeachtet als einer der ihren.

Man hatte Franz Polzer vorausgesagt, daß er es bei seinen Anlagen durch Fleiß und Ausdauer zu einer leitenden Stellung in seinem Beruf bringen könne. Er hatte die ganze Zeit nicht darüber nachgedacht, daß im Grunde die Hoffnungen, die er an seine Laufbahn knüpfte, sich nicht erfüllten. Er hatte diesen Gedanken vergessen. Er vergaß ihn in all den kleinen Tätigkeiten, in die seine Zeit von Anbeginn zerlegt war. Er stand morgens auf, wusch sich, kleidete sich an, warf noch während des Frühstücks einen Blick in die Zeitung und begab sich in die Bank. Er setzte sich an seinen Tisch, auf dem Stöße von Papieren gehäuft waren, die er mit Eintragungen in den Büchern auf den Regalen ringsum zu vergleichen hatte. Jeden Bogen, den er durchgesehen hatte, bezeichnete er mit den Anfangsbuchstaben seines Namens und legte ihn in eine Mappe. Ringsum im Zimmer und in den Räumen saßen wie er an Tischen, die genauso aussahen wie seiner, viele andere Männer und Frauen. Der Geruch dieser Männer und Frauen, das Geräusch ihrer eintönigen Tätigkeit und Gespräche durchzog das ganze Haus. Franz Polzer war seiner Tätigkeit vollauf gewachsen. Sie bot keinen Anlaß zur Auszeichnung und also auch keine Gelegenheit, die Aufmerksamkeit der Höheren auf sich zu lenken.

In einem kleinen Gasthof in der Nähe der Bank aß er zu Mittag. Der Nachmittag verging gleich dem Vormittag. Nach sechs Uhr abends ordnete er Schriftstücke und Bleistifte auf seinem Tisch, versperrte seine Lade und ging nach Hause. Die Witwe brachte ihm ein einfaches Abendbrot auf sein kleines Zimmer. Er legte Schuhe, Rock und Hemdkragen ab. Nach dem Abendessen las er eine Stunde lang gründlich die Zeitung. Dann legte er sich zu Bett. Er schlief unruhig. Doch träumte er selten. Wenn er träumte, träumte er, er hätte sein Namenszeichen, das er täglich viele hundert Mal machen mußte, vergessen, seine Hand sei gelähmt, oder sein Bleistift schreibe nicht.

Am Morgen stand Polzer auf wie an allen Morgen zuvor und begann seinen Tag, der dahinging wie alle anderen Tage. Er war mürrisch und verdrossen, allein nie wurde ihm bewußt, daß es auch etwas anderes geben könne, als täglich auf seinem Platz in der Bank zu sitzen, daß man später aufstehen könne, in den Straßen spazierengehen, zwei Eier im Glas zum Frühstück in einem Café essen und mittags in einem guten Restaurant speisen.

Von Unterbrechungen dieses Einerleis hatte sich Polzer besonders eine eingeprägt. Das war der Tod seines Vaters.
Zu seinem Vater war Franz Polzer niemals in einem innigen Verhältnis gestanden. Dazu trug wohl bei, daß seine Mutter kurz nach seiner Geburt gestorben war. Vielleicht hätte sie es vermocht, die Gegensätze zu mildern. Sein Vater war ein kleiner Kaufmann in einem Landstädtchen. Polzers Kinderstube stieß an des Vaters Laden an. Der Vater war ein harter, arbeitsamer und unzugänglicher Mensch. Von frühester Jugend an mußte Franz Polzer im Laden des Vaters aushelfen, so daß ihm kaum Zeit blieb, seine Aufgaben zu machen. Trotzdem verlangte der Vater, daß der Sohn gute Zeugnisse heimbringe. Als Polzer einmal eine schlechte Zensur hatte, entzog der Vater ihm auf vier Wochen das Abendessen. Damals war Polzer siebzehn Jahre alt.
Im Hause lebte eine Schwester des Vaters, eine kinderlose Witwe, die nach dem Tode von Polzers Mutter zur Führung des Haushaltes zum Vater gezogen war. Polzer hatte die unklare Vorstellung, daß die Schwester des Vaters seine tote Mutter aus dem Hause gedrängt habe, und trat ihr vom ersten Augenblick an mit unverstellter Abneigung entgegen. Auch die Tante machte aus ihren Gefühlen gegen ihn kein Hehl. Sie nannte ihn einen schlechten Burschen, der es zu nichts in der Welt bringen würde, schalt ihn gefräßig und arbeitsscheu. Sie gab ihm so wenig zu essen, daß er gezwungen war, sich einen Nachschlüssel zu ihrem Kasten anzufertigen und nachts heimlich im Hause des Vaters zu stehlen.
Dazu kam ein Umstand, von dem nur mit allen Vorbehalten gesprochen werden kann. Polzer war damals vierzehnjährig und hatte die leicht erregbare Phantasie der Knaben, die zudem der Haß befruchtete. Von den Beziehungen zwischen Mann und Frau hatte er keine andere Vorstellung als von etwas Grauenhaftem und an und für sich Ekelerregendem. Die Vorstellung eines nackten Frauenkörpers erfüllte ihn mit Abscheu. Er war einmal in das Zimmer seiner Tante getreten, als sie sich wusch. Das Bild ihres verblühten Oberkörpers, ihres müde

herabhängenden Fleisches prägte sich ihm ein und wich nicht mehr aus seinem Gedächtnis. Einst stand er nachts im dunklen Flur hinter dem Laden vor dem offenen Brotschrank, als die Tür zum Zimmer der Tante geöffnet wurde. Er drückte sich an die Wand. Aus dem hellen Rahmen der Tür trat im Nachtgewand sein Vater. Hinter ihm erschien für einen Augenblick wie ein Schatten das Bild von des Vaters Schwester. Die Tante verriegelte von innen die Tür.

Der Vater schritt knapp an ihm vorbei. Sein Hemd war offen, und Polzer glaubte trotz des Dunkels die behaarte Brust sehen zu können. Für einen Augenblick streifte ihn der Geruch frischer Semmeln, der dem Vater wohl aus dem Laden immer anhaftete. Polzer hielt den Atem an und stand noch unbeweglich, als sich die Tür seines Zimmers schon lange hinter dem Vater geschlossen hatte.

Dieses Erlebnis erweckte in Franz Polzer Eindrücke, die von den nachhaltigsten Folgen auf sein späteres Leben sein sollten. Obwohl er nur den Schatten der Tante gesehen hatte, bildete er sich fest ein, daß seine Tante in diesem Augenblick nackt gewesen sei. Von nun an verfolgten ihn Vorstellungen von wüsten Szenen, die sich nachts zwischen dem Vater und des Vaters Schwester abspielen mußten. Polzer hatte keinen Anhaltspunkt als dieses eine nächtliche Erlebnis. Und auch später ereignete sich nichts, das klar seine Meinung bestätigt hätte.

Polzer verbrachte nun seine Nächte bis gegen den Morgen schlaflos. Er horchte. Er glaubte Türen knarren zu hören und vorsichtig tastende Schritte auf den morschen Dielen des alten Hauses. Er fuhr aus leichtem Schlummer, und ihm war, als hätte er einen unterdrückten Schrei gehört. Er war von bitterem Ekel erfüllt. Dabei trieb ihn Neugierde, nachts sich vor die Tür der Tante zu schleichen. Nie konnte er etwas anderes als ihren Atem hören.

Der Vater schlug Franz Polzer oft, und die Tante hielt ihn fest. Wenn Polzer nachts von ihm geträumt hatte, im Traume grenzenlos über seinen Anblick erschrocken, über sein schmutziges Kleid, sein rotes, stumpfes Traumgesicht, hinter dem die Tante stand, daß er ihn quäle und schlage, wollte er am Tage, wenn er ihm begegnen mußte, wieder von ihm geschlagen sein. Ihm war so, als müßte er alles wahr machen, auch seinen Haß gegen den Vater, dadurch, daß dieser wirklich mit seinen schweren Fäusten ihn in den Rücken schlage. Dabei fühlte er, daß er erwachsen sei, daran dachte er, aber schwächer, eben nur viel schwächer als jener.

Bei Leuten, die im ersten Stockwerk des Hauses wohnten, diente eine Magd, die Milka hieß. Sie trug eine lose Bluse und kam oft in den Laden. Einmal sah Polzer, wie der Vater Milka an die Brust griff. An diesem Abend ließ Polzer einen Teller zu Boden fallen. Der Vater schlug ihn, und die Tante krallte die Finger in sein mageres Fleisch. Er weinte nicht, und darum schlug ihn der Vater wilder, und Franz Polzer wollte es so.

Wenn er konnte, entlief er aus dem Laden und trieb sich in den Gassen des Städtchens umher, bloß um nicht zu Hause sein zu müssen. Oft auch verbrachte er den ganzen Tag im Hause eines reichen Mannes mit Namen Fanta, dessen Sohn mit ihm das Gymnasium besuchte. Mit Karl Fanta verband ihn innige Freundschaft. Polzer hatte das Haus der Fantas zuerst mit Widerwillen betreten. Er wußte, daß die Juden den Heiland ermordet hätten und daß sie in dunklen und grausamen Gebräuchen ihrem Gott dienten. Er dachte nicht anders, als daß es nicht bloß eine schwere Sünde für einen römischen Katholiken als auch eine große Gefahr sei, im Hause eines Juden ein- und auszugehen. Milka hatte früher bei Juden gedient. Sie hatte es der Tante im Laden erzählt. Vor dem Osterfest war sie entlaufen. Denn sie hatte sich gefürchtet. Seine Scheu überwand Polzer erst nach und nach durch seine Liebe zu Karl Fanta. Karl Fanta sah, daß Polzer sich unglücklich fühle, und oft umarmten und küßten einander die beiden Knaben unter Tränen.

Polzer wagte es nicht, Karl Fanta sein Herz auszuschütten. Er wuchs auf in dem kleinen engen Haus, in dem unsauberen Laden, in dem er in seinen freien Stunden zwischen Mehl- und Pfeffersäcken, Gurkenfässern und Kanditenbüchsen kleine Leute nach ihren Wünschen fragen oder die Diele kehren mußte. Er schämte sich dieses Ladens. Er schämte sich seines Vaters, dessen Rock immer mehlbestaubt war, der ehrerbietig auswich, wenn ein reicher Bürger an ihm vorbeikam, seiner Tante, die ohne Hut ging und deren schwarzes Haar an den Schläfen leicht ergraut und vom Wind zerrauft war. Sie band auch kein Tuch um den Kopf, immer sah man die weiße Linie ihres Scheitels zwischen den schwarzen Haaren links und rechts. Seines Freundes Mutter war eine große, vornehme Dame, die Schmuck trug und dunkle Kleider. Sie hatte ein blasses, feingeschnittenes Gesicht wie ihr Sohn, der ihr sehr ähnlich sah. Auch sie hatte schwarzes Haar wie die Tante, allein es war zu einem Schopf gekämmt. Bei ihr wie bei ihrem Sohn waren an den Schläfen bläulich schimmernde Äderchen sichtbar. Das Schönste an ihr wie an Karl waren die schmalen weißen Hände. Karls Vater war ein korpulenter Herr, der ruhig und gemessen sprach, voll Selbstbewußtsein und Würde. Polzer konnte in dieser Umgebung, konnte vor dem schönen Karl nicht von seines Vaters kleinem Rosinenladen erzählen.

Polzer bürstete seinen Anzug und preßte seine Hosen unter Büchern. Er wollte aussehen wie ein Gymnasiast aus einem Bürgerhaus und nicht wie der Sohn eines Greislers. Er verbarg seine Hände, die von der Arbeit im Laden rot und dick waren, vor den Menschen, eine Gewohnheit, die dazu beitrug, den Eindruck größter Unsicherheit und Unbeholfenheit hervorzurufen, und die er auch später nie ablegte. Wenn ein Fremder bei Karls Eltern war und den Hausherrn leise nach Franz Polzer fragte, fühlte dieser, wie er rot wurde vor Scham. Man mochte so leise und unauffällig wie nur irgend möglich diese Frage stellen, Franz Polzer hörte sie nicht, er fühlte sie mit seinem maßlos geschärften inneren Ohr.

Er wollte nichts mehr, als aus gutem Hause sein. Lange später noch errötete er, wenn man ihn des näheren über seine Abkunft fragte, und antwortete ausweichend. Manchmal log er und sagte,

sein Vater sei Gymnasiallehrer gewesen oder Richter. Einmal behauptete er sogar, er sei Fabrikantensohn. Im nächsten Augenblick schon fühlte er den prüfenden Blick des Fragers an seinem Anzug herabgleiten und wurde sich der Dürftigkeit seines Äußeren schmachvoll bewußt.
Karl Fantas Vater ermöglichte ihm den Besuch der Universität in der Hauptstadt. Polzer bezog sie zusammen mit Karl. Er widmete sich dem Studium der Medizin, Karl dem der Jurisprudenz. Polzer war glücklich, von zu Hause fortzukommen, nicht mehr die Schande des Ladens immer vor sich sehen zu müssen, nicht mehr immer der Strenge des Vaters gehorchen, den Scheitel der Tante sehen und ihre Scheltworte über sich ergehen lassen zu müssen. Eine einzige Erinnerung nahm er von zu Hause mit, die ihm immer über alles teuer gewesen war. Die Erinnerung an seine Mutter. Er hatte sie kaum gekannt. Er glaubte sich aber zu erinnern, daß sie ihn an ihr Sterbelager habe bringen lassen, auf dem sie mit gelöstem Haar lag. Sie drückte ihn an sich, und ihre Tränen feuchteten sein Haar. Bei dieser Erinnerung wurde ihm stets warm ums Herz. Er flüchtete vor dem Haß seiner Tante in die Liebe zu seiner Mutter, die in demselben Maße wuchs, wie die Abneigung gegen die Tante stärker wurde.
Das Verhältnis Polzers zu Karl war so innig, wie es irgend zwischen jungen gleichaltrigen Menschen sein konnte. Polzer freute sich, an der Seite dieses schönen Jünglings leben zu dürfen, dessen Sicherheit und Anfechtungslosigkeit er nicht weniger bewunderte als das edle Maß seiner Glieder. Karl war immer freundschaftlich zu ihm, und Polzer war es ein Bedürfnis, Karl seine Wünsche von den Augen ablesen zu können und ihm durch kleine Handreichungen behilflich zu sein. Er bereitete ihm seine Wäsche vor und sah darauf, daß kein Fleckchen an Karls Kleidung war. Karl hatte schwarzes Haar, das sich wie Seide anfühlte. Trotz seines freundlichen Zutrauens war Polzer oft, als ginge Karl innerlich an ihm vorbei. Er sehnte sich nach einer kleinen Zärtlichkeit, einer Wiederholung jener Knabenküsse. Doch diese Sehnsucht wurde nicht erfüllt.

Man lobte an der Universität Polzers Fleiß und sein Verständnis. Er legte die ersten Vorprüfungen mit ausgezeichnetem Erfolg ab. Da erkrankte Karl und wurde von den Ärzten nach dem Süden geschickt, wo er ein Jahr bleiben sollte. Nicht mehr Gesellschafter des reichen Freundes, war es Polzer unmöglich, das Studium fortzusetzen, und er mußte froh sein, als ihm Karls Vater eine Stellung in der Bank verschaffte.
In der Bank wurde er in kurzem ein anderer. Alles zerfloß an seiner Tätigkeit. Regelmäßigkeit, Pünktlichkeit, die unausweichliche Gewißheit des nächsten Tages zerstörten ihn. Er ging auf in Tätigkeiten, die seine Zeit zerlegten. In diesen siebzehn Jahren kam er kaum je unter Menschen. So wurde er unsicher, wenn er einmal etwas anderes tun sollte, als er zu tun gewöhnt war. Hatte er mit Fremden zu sprechen, fielen ihm die Worte plötzlich nicht ein, die er sagen sollte. Immer hatte er das Gefühl, daß seine Kleidung nicht entspreche, ihm nicht passe und ihn lächerlich mache. Die geringste Unregelmäßigkeit verwirrte ihn. Er legte Wert auf die peinlichste und gewohnte Ordnung auch in seinem Zimmer. Die Zeitung mußte täglich genau auf demselben Fleck auf dem Tisch liegen, und zwar parallel zu den Tischkanten. Seine Pedanterie ging so weit, daß es ihn erregte, wenn die Gardinenschnüre nicht gerade ausgerichtet und in ihrer Verlängerung auf dem Fensterbrett nicht im rechten Winkel abgebogen lagen. Verstimmt brachte er sie in Ordnung.
Franz Polzer war etwa zehn Jahre in der Bank, als sein Vater starb. Das Begräbnis fiel auf einen Sonntag, so daß er keinen Arbeitstag versäumen mußte. Am Samstag nachmittag verließ er mit der Bahn die Stadt.
Immer ist Polzer der Begräbnistag in unangenehmster Erinnerung geblieben. Auf der Hinreise konnte er im überfüllten Zug keinen Platz finden und mußte die ganze Zeit stehen. Seine Füße, solche Anstrengung nicht gewohnt, schmerzten noch in den folgenden Tagen. Er kam schlechter Laune an und wurde von der Tante, die denken mochte, er sei gekommen, ihr den väterlichen Laden nun streitig zu machen, mürrisch begrüßt.

Er fand trotz schneidender Winterkälte ein ungeheiztes Zimmer und schlief von schlechten Träumen gequält auf seinem alten Bett. Am Morgen war für ihn kein Frühstück gekocht. Er fand es unpassend, in einen Gasthof zu gehen, und mußte so bis zum Begräbnis nüchtern bleiben. Leute kamen, die er kaum mehr kannte, und drückten ihm die Hand. Seine Tante stand im Mittelpunkt neben der aufgebahrten Leiche des Vaters. Polzer wie ein Fremder in einer dunklen Ecke des Zimmers.
Als die Einsegnung begann, mußte er neben die Tante treten. Nun erst sah er seinen Vater. Er hatte einen schwarzen Rock an, der über der Brust Falten machte. Sein Haar war ganz grau geworden. Sein Gesicht schien klein und eingefallen. Der Anblick der Leiche machte auf Polzer keinen Eindruck. Er berührte ihn nicht anders als der Anblick eines fremden Gegenstandes. Er fühlte sich nicht an seinen Vater erinnert.
Am Friedhof faßte ihn die Tante unter und weinte laut. Polzer stand im weichen Schnee und fühlte, wie die Feuchtigkeit sein Schuhwerk durchdrang. Er kannte seine Empfänglichkeit für Erkältungen und trat unruhig von einem Fuß auf den andern.
Die Blicke aller Menschen, die zur Beerdigung gekommen waren, lagen musternd und beobachtend auf Franz Polzer. Die Aufmerksamkeit, die er erregte, machte ihn unsicher. In seiner Hilflosigkeit tastete er mehrmals nach den Knöpfen seiner Hose, um sich immer von neuem zu vergewissern, daß sie geschlossen sei. Er schämte sich dieser auffallenden Bewegung zutiefst, konnte aber nicht verhindern, daß nach wenigen Minuten das Gefühl seiner Nacktheit ihn wieder unwiderstehlich zu ihr zwang.
Nach der Beerdigung erklärte Franz Polzer seiner Tante, daß er nichts vom Gute seines Vaters erben wolle. Geld hatte der Vater keines hinterlassen. Das Haus war überschuldet. Polzer wollte keinen Anzug und kein Möbelstück. Er wollte keine Erinnerung.

2

Die Witwe war bleich und mager, als Polzer nach Karl Fantas Abreise nach dem Süden bei ihr einzog. Die Trauerkleider hingen lose um ihren Körper. Es war in den ersten Monaten nach dem Tode ihres Gatten. Ihre Hautfarbe war gelblich wie altes Papier. Erst später wurde die Gestalt voller, und die Hüften rundeten sich breit.
Sie hieß Klara Porges. Später schien Polzer, als habe ihr Namen zu allem beigetragen. Vom ersten Augenblick an hatte ihn dieser Name verstimmt. Er erschien ihm in seiner Zusammenstellung unerhört lächerlich und ärgerlich zugleich.
Polzer lebte allein mit Frau Porges. Eines von den Zimmern stand leer. Die Stühle waren in diesem Zimmer mit Leinenüberzügen verkleidet. Frau Porges mußte alle häusliche Arbeit ohne Hilfe besorgen, denn ein Dienstbote wurde nicht gehalten. Bloß seine Schuhe putzte sich Polzer selbst. Auch dieses Geschäft wollte ihm die Witwe abnehmen, allein er überließ es ihr nicht. Er hatte immer Wert darauf gelegt, seine Schuhe selbst zu bürsten, und war auch nie einem Menschen begegnet, dessen Stiefel so geglänzt hätten wie die seinen, daß man bei flüchtigem Hinsehen glauben konnte, es seien Schuhe aus Lackleder. Zu Hause mußte er auch die Schuhe des Vaters und der Tante bürsten; darauf verwandte er aber keine Mühe. Dem Reinigen seiner Schuhe widmete er täglich morgens eine halbe Stunde. Er verwandte nacheinander mehrere Bürsten und Lappen von verschiedener Qualität. Frau Porges meinte, es sei ein Geschäft, das einem Mann nicht anstehe. Polzer aber wußte, wie angenehm und erfrischend es sei, des Morgens verläßlich geputzte Schuhe an den Füßen zu haben, und zugleich, daß diese Tätigkeit keineswegs etwas Unmännliches an sich haben könne, da doch überall,

wo Diener im Hause seien, wie in Hotels und bei reichen Leuten, dieses Geschäft von Männern besorgt würde. Er erinnerte auch Frau Porges daran.

Die Witwe umgab ihn vom ersten Tag an mit Fürsorge. Er ließ sich alles von ihr abnehmen, was ihn beunruhigte. Das waren vor allem die außergewöhnlichen Ereignisse, die der Tag mit sich bringt. Ihr geringstes noch, das nicht täglich war, erfüllte ihn mit ängstlicher Bestürzung. Das Bewußtsein, an einem der folgenden Tage in einen Laden treten zu müssen, um einen Einkauf zu besorgen, machte ihn unruhig, seine Gedanken bewegten sich ununterbrochen darum, die Angst, es zu versäumen, erfüllte ihn mit Qual, er berechnete die Zeitaufwendung, die notwendig sein würde, und bereitete die Sätze vor, die er sprechen wollte. Sogleich war ihm, als sei nun zu nichts anderem mehr Zeit, als reiche sein ganzes Leben zu nichts anderem mehr hin. Es konnten sich Zwischenfälle ereignen, die nicht vorauszusehen waren. Besonders, es konnte der verlangte Preis größer sein als die Summe Geldes, die er bei sich trug. Zahlungen, die an bestimmten Tagen fällig waren wie die Miete, ließen ihn Wochen vorher nicht schlafen. Er überzählte nachts das nötige Geld. Plötzlich am Tage in anderen Gedanken, nachts im Schlaf, ertappte er sich erschrocken dabei, daß er es jetzt, in diesem Augenblick vergessen habe, und er hielt sich vor, daß er es nicht vergessen dürfe und doch es vergessen könne. Aber Frau Porges war bereit, seinen Gehalt zu Monatsbeginn zu übernehmen und für alles selbst zu sorgen. Sie gab ihm wöchentlich einige Kronen, von denen Polzer das Frühstück im Büro und den Fahrschein auf der Straßenbahn bezahlen konnte. Selbst neue Kleidungsstücke besorgte nun sie für ihn, ohne daß er in einen Laden eintreten oder darum überhaupt wissen mußte.

Dies alles geschah, trotzdem Polzer Frau Porges mit Abwehr gegenüberstand. Ihr Blick, mit dem sie ihn in zärtlich-mütterlicher Art zu umfangen suchte, beängstigte ihn. Er hatte etwas unangenehm Näherwollendes, Nahes. Polzer sah sie nur wenig. Morgens, wenn sie ihm das Frühstück, und abends, wenn sie ihm das Abendbrot brachte. Er wich ihrem Blick aus und vermied Gespräche. Er wohnte Tür an Tür mit der Witwe, er hörte nachts ihren Atem, hörte ihr Bett knarren, wenn sie sich im Schlaf bewegte. Aber er war all die Jahre nicht länger als einige Minuten zugleich mit ihr in einem Raum.

Klara Porges' Gegenwart erfüllte ihn vom ersten Augenblick an mit Beklommenheit. Ihr Haar strömte einen Geruch aus, der ihn entfernt an Seife erinnerte. Sie trug es in der Mitte gescheitelt wie die Tante. Dazu kam, daß sich ihm unbegreiflich bei ihrem Anblick sogleich die Vorstellung ihres unbekleideten Körpers aufdrängte. Das erfüllte ihn mit tiefer Scham über sich und mit Widerwillen. Es war die Vorstellung eines unbestimmt schwarzen Körpers. Der Zwang zu dieser Vorstellung nahm zu, je voller ihre Formen wurden.

Seit frühester Jugend erfüllten ihn solche Vorstellungen mit Abscheu. Polzer hätte auch früher nicht mit Frauen verkehrt, wenn Karl, der dies nicht verstand, ihn nicht zu Frauen geführt und zum Verkehr mit ihnen gezwungen hätte. Polzer erbrach sich oft, wenn er das Haus verließ, in das ihn Karl geführt hatte. Schon als Knabe fürchtete er den Anblick der Frauen. Er wich Milka aus, weil ihm war, als ändere sich unter dem Flattern der losen Bluse, die den Blick anzog, unaufhörlich die Form ihrer runden Brüste. Er wagte nicht, nach Milkas Brüsten zu sehen. Als er von Karl erfuhr, daß die Burschen im Walde auf Milka warteten, vermied er, Milkas Hände zu berühren, wenn er allein im Laden war und das Geldstück von ihr in Empfang nehmen mußte. Denn ihm graute vor Milkas Händen. Milka merkte es wohl, daß er sie fliehe, und oft suchte sie ihn zu ergreifen und an sich zu ziehen. Einmal traf sie ihn auf der dunklen Treppe. Er drückte sich in die finstre Nische, in der an einem hölzernen Kreuz der Heiland hing. Er konnte nicht mehr entfliehen. Sie kam auf ihn zu, und sie lachte, denn sie sah, daß er sich fürchte. Ihre Hände ergriffen ihn. Er bewegte sich nicht. Sie nestelte an seinen Knöpfen. Polzer zitterte. Sie ergriff sein Geschlecht. Milka lachte, als sein Same kam, und gab ihm einen Schlag, daß er taumelte.

Schon als der Schatten der Tante aus der hellen Tür fiel, wußte Franz Polzer, daß die Nacktheit der Frau entsetzlich sei. Schon vor dem Schatten der Tante quälte ihn wie vor Frau Porges der entsetzliche Gedanke, daß dieser nackte Körper nicht verschlossen sei. Daß er in grauenvollem Schlitz bodenlos klaffe. Wie offenes Fleisch, wie die Schnittlappen einer zerrissenen Wunde. Nie wollte er die Bilder und Statuen von nackten Frauen in den Galerien sehen. Er wollte nie den nackten Körper einer Frau berühren. Ihm war, als sei da Unreinheit und widerwärtiger Geruch. Er sah Frau Porges nur am Tag in ihren Kleidern. Trotzdem quälte ihn die Vorstellung ihres dicken, nackten Leibes.

Wenn Frau Porges eintrat, sah Polzer in die Zeitung und vermied es, sie anzusehen. Trotzdem bemerkte er, wie sie von Jahr zu Jahr voller wurde. Manchmal fühlte er ihren Blick auf sich. Dann wagte er nicht, sich zu bewegen. Es war ihm immer unbegreiflich, wie es zu ihrem ersten Gespräch gekommen war. Er hatte geglaubt, daß auch sie ihn kaum beachte. Es geschah abends, als sie ihm das Essen brachte. Mit diesem Abend fing alles an.

Polzer saß vor dem Tisch, als sie eintrat. Er heftete den Blick auf die Zeitung, allein er las nicht. Unruhig wartete er, bis sich die Tür hinter ihr wieder schlösse. Er hörte ihren Schritt schon sich der Tür nähern. Plötzlich wußte er, daß sie an der Tür stehe und ihn ansehe. Er blickte fest in die Zeitung. Er fühlte, daß sie ein Wort von ihm verlange, aber er sagte es nicht. Er wollte warten und sich nicht bewegen, bis sie ginge. Da hörte er sie schluchzen. Er blickte auf. Sie schlug die Hände vor das Gesicht und begann heftig zu weinen.

Es beunruhigte ihn, daß sie während des Weinens den Atem verlor und nach Luft schnappte. Er begriff, daß nun von seiner Seite etwas geschehen müsse, und stand auf. Er wußte sich nicht zu helfen. Ratlos forderte er sie auf, sich zu beruhigen und ihm den Grund ihres Schmerzes zu sagen. Frau Porges aber beruhigte sich nicht. Sie war zu Boden gesunken und schnappte immer beängstigender nach Atem. Da trat er auf

sie zu und versuchte, ihre Hände vom Gesicht zu entfernen. Zugleich richtete er sie auf.
Sie hörte zu weinen auf und begann nun stockend und noch von Schluchzen unterbrochen zu sprechen. Sie leide, weil er zu ihr, einer verlassenen Witwe, so lieblos sei. Für ihn allein sorge sie und plage sie sich. In all den Jahren habe sie kein leises Wort des Dankes von ihm gehört.
Polzer hatte sich wieder von ihr entfernt und unterbrach sie nicht.
„Sie behandeln mich wie Ihren Dienstboten," sagte sie.
Sie schwieg und schien eine Antwort zu erwarten.
„Es liegt mir fern, Frau Porges," erwiderte er.
„Doch," sagte sie, „wie man einen Dienstboten behandelt. Nie haben Sie mich gefragt, was ich tue, wenn ich mit meiner Arbeit fertig bin, wie ich meinen Sonntag verbringe. Sie gehen fort, und ich bleibe einsam zu Hause."
„Ich unterließ es, Frau Porges, weil ich daran nicht dachte und weil ich nicht wußte, daß Sie Wert auf meine Gesellschaft legen. Aber wenn es Ihnen beliebt, werden wir Sonntag miteinander einen Spaziergang unternehmen, Frau Porges."
Sie sah Polzer freudig an. Er begriff erschrocken, was er gesagt hatte.
„Wir werden nach Kuchelbad fahren," sagte sie. „Gleich am Morgen."
„Am Nachmittag, Frau Porges," erwiderte Polzer.
Das geschah am Donnerstag. Polzer verbrachte Freitag und Samstag in Aufregung. Er hörte Frau Klara Porges in der Küche mit dem Geschirr hantieren und singen. Er begegnete ihr auf der Treppe. Sie sah ihn vertraulich lächelnd an. Polzer beschloß zu fliehen.
Das war in der Nacht vom Samstag zum Sonntag. Er übersah seine Sachen und überlegte einen Plan. Er mußte das Haus am Morgen verlassen, solange sie noch schlief. Er mußte eine Wohnung in der Vorstadt finden, wo er verborgen sein konnte. Er hatte an Häusern Zettel aushängen gesehen. Er nahm sich vor, vorsichtig zu sein und sich genau zu erkundigen, ehe er

die Wohnung nahm, ob jüngere Frauen da seien und Kinder. Er hatte seit jeher Angst vor Kindern. Auch ob die Leute einen ehrlichen Eindruck machten, wollte er beobachten. Es mehrten sich die Nachrichten von Diebstählen und selbst von Morden.

Gegen Morgen fiel ihm ein, daß sein Gepäck nicht zu retten sei und daß er kein Geld besitze, da Frau Porges es verwaltete. Zudem konnte sie jederzeit ihn vor der Bank erwarten. Er erkannte, daß er ihr nicht entfliehen könne.

Außer dem Widerwillen, mit dem er dem mehrstündigen Beisammensein mit Frau Porges entgegensah, war ihm an dem Ereignis seine Außergewöhnlichkeit bedrückend. Franz Polzer war gewöhnt, Sonntag nachmittags einen bestimmten Spaziergang zu machen. Er verließ das Haus um vier Uhr, ging über den Karlsplatz nach dem Kai und schritt dort ein Stück am Ufer entlang. An bestimmten Stellen blieb er stehen und sah auf den Fluß. Dann bog er in das Innere der Stadt ab.

Um fünf Uhr betrat er ein kleines Café und setzte sich an einen Tisch im Billardzimmer. Er sah den Billardspielern zu. Dieses Zusehen versetzte ihn in eine gehobene Stimmung. Er verfolgte das Rollen der glatten Kugeln über das grüne Tuch und freute sich des hellen Klangs des Zusammenstoßes. Zugleich beobachtete er die Bewegungen der Spieler, wie sie sich weit über das Brett bogen und zum Stoß ansetzten. Mit Aufmerksamkeit zählte er die guten Punkte, die jeder Spieler erzielte. Sein Wunsch war, es möge einem von ihnen gelingen, eine endlose Serie von Treffern zu erzielen, er hielt den Atem bei jedem Stoß an und war enttäuscht und verletzt, wenn er mißlang.

Seine Sehnsucht war, selbst Billard zu spielen. Sie erfüllte sich ihm nie. Polzer schrak davor zurück, seine Bewegungen öffentlich allen Augen preiszugeben. Der Doktor forderte ihn später einmal auf zu spielen. Polzer hatte das Queue schon in der Hand und war sich bewußt, daß er es nun sorgfältig kreiden müsse. Da entsann er sich, daß er einmal schon ein Queue in der Hand gehalten habe. Es schien ihm, als seien Leute dabei gewesen. Er wußte im Augenblick nicht, ob es im Traum gewesen sei. Aber es konnte nicht gut anderswo gewesen sein. Als er zu kreiden begann, war es gewachsen und schwer geworden, und er hatte das Gleichgewicht verloren.

Polzer erinnerte sich dessen erschrocken und stellte das Queue vorsichtig in den Rahmen zurück.

Gegen Sonnenaufgang überlegte Polzer, ob er Krankheit vorschützen solle. Er verwarf diesen Gedanken, da er noch nie einen Tag krank gewesen war, seit er bei Frau Porges wohnte. Eine andere Möglichkeit auszuweichen, gab es nicht. Wenn starker Regen den Ausflug unmöglich machen würde, war zu befürchten, daß Frau Porges ihn ins Café begleite. Das mußte peinlicher sein als der Ausflug.

Polzer wußte nicht, wie Frau Porges sich für die Straße kleide. Er war ihr auf der Straße noch niemals begegnet. Vielleicht besaß sie, wie die Tante, keinen Hut. Er wagte nicht, sie danach zu fragen. Keinesfalls konnte er auf Eleganz rechnen. Aber selbst wenn sie ohne Hut käme, mußte er nun schon neben ihr unter die Leute.

Da Kuchelbad als Ausflugsort beliebt war, war ein großer Andrang von Menschen zu erwarten. Polzer dachte daran, daß er sich um die Fahrkarten werde drängen müssen, und daß er auf dem kleinen Schiff gepfercht unter fremden Menschen werde stehen müssen, wenn überhaupt er schnell genug sein würde, unter den ersten an Bord zu kommen. Er hatte die Panik solcher Augenblicke vom Kai aus manchmal mit angesehen. Auch konnte das Schieben und Drängen der Menschen bei Besteigen des Dampfbootes Taschendieben günstige Gelegenheit bieten. Polzer beschloß, seine Taschenuhr zu Hause zu lassen.

Er hatte am Sonntag kaum die Gabel aus der Hand gelegt, als Frau Porges eintrat.

Sie war gut gekleidet. Sie trug ein schwarzes Kostüm mit langer Jacke, einen kleinen schwarzen Hut mit Schleier, schwarze Handschuhe, eine Ledertasche und einen Schirm. Polzer zog

seinen Rock an. In die Tasche des Überziehers steckte er die Zeitung.
Der Landungssteg war voll von Menschen. Polzer sah aus dem Tarif, daß die Fahrt zweiter Klasse nicht allzu teuer zu stehen komme, und entschloß sich, zweiter Klasse zu fahren. Er war seit jeher ein Freund vornehmen Reisens. Frau Porges war umsichtig und sicherte zwei Sitzplätze. Sie begann sofort ungemäß laut zu sprechen. Polzer vergewisserte sich, daß kein Bekannter auf dem Schiff sei. Frau Porges gab er keine Antwort, da ihn das Gefühl belästigte, die Umstehenden könnten dem Gespräch folgen. Da wurde auch Frau Porges still.
In Kuchelbad bestiegen Polzer und Frau Porges einen Hügel, der ziemlich menschenleer war. Polzer kam der Gedanke, daß er keine Gelegenheit haben würde, sich im Falle des Bedürfnisses auf einen Augenblick von Frau Porges zu entfernen. Kurz darauf begannen sich Anzeichen einzustellen, die ihn mit Besorgnis erfüllten. Seine Unruhe stieg, als er an einer solchen Notwendigkeit nicht mehr zweifeln durfte. Es zeigte sich ihm keine geeignete Möglichkeit, ein Beiseitetreten glaubhaft zu begründen, trotzdem sich der ihn quälende Reiz immer mehr zu schmerzhaftem Drang verdichtete.
Am Abhang breitete er seinen Überrock aus. Sie saßen nebeneinander. Er zog die Zeitung aus der Tasche und begann zu lesen. Frau Porges verwies es ihm halb scherzhaft. Die untergehende Sonne beschien ihr Gesicht. Er bemerkte, daß ihre Wangen mit weichen Härchen bedeckt waren.
„Daß Sie gar nicht mit mir plaudern wollen," sagte Frau Porges seufzend. „Sie haben mit mir einen Ausflug gemacht, und nun blicken Sie stumm vor sich hin. Ich habe mich darauf gefreut, und jetzt machen Sie mich ganz traurig."
„Das wollte ich nicht, Frau Porges," sagte Polzer.
„Das wollten Sie nicht, wirklich, Sie wollten mir nicht die Freude verderben?"
Frau Porges rückte ihm etwas näher.
„Nein, das wollte ich nicht, Frau Porges," sagte er, ohne sie anzusehen.

„Ich glaube, daß Sie ganz anders sind, als es den Anschein hat. Nicht wahr, ich habe recht?“
„Das entzieht sich meiner Beurteilung, Frau Porges. Aber nehmen wir es an, Frau Porges, nehmen wir es an!“
„Frau Porges, immer Frau Porges! Wo wir solange miteinander leben! Wer würde es glauben, wenn man es ihm erzählte!“ Sie sah ihn zärtlich an. „Sagen Sie Frau Klara zu mir!“
„Nein,“ erwiderte Polzer sogleich.
Als sie auf das Schiff kamen, war es Abend geworden. Im Sitzen wurde Polzers Schmerz immer größer. Er bemerkte einen Oberbeamten aus der Buchhaltung in der Nähe. Das Schiff war übervoll, neigte sich auf die Seite und schaukelte. Frau Porges schrie auf und preßte sich an seinen Arm. Er war ganz finster.
„Lassen Sie mich sogleich los,“ sagte Polzer.
Er preßte die Schenkel aneinander. Er glaubte, daß seine Blase platzen müsse.
„Was ist Ihnen geschehen?“ fragte Frau Porges.
„Etwas Fürchterliches,“ sagte er tonlos, „etwas Fürchterliches.“
Als sie landeten, konnte er vor Schmerzen kaum mehr gehen. Frau Porges nahm seinen Arm und stützte Polzer. Polzer ließ es zu.
Er biß vor Schmerz die Zähne aufeinander und wimmerte leise. Bei jedem Schritt fürchtete er, daß sein Wille endlich schwächer sein würde als der Drang. Sie gingen durch eine mattbeleuchtete Nebengasse. Frau Porges blieb stehen. Sie sah sich nach allen Seiten um.
„So,“ sagte sie, „es ist genug. Niemand kann Sie sehen.“
Polzer hätte es nicht mehr länger ertragen. Er konnte rasch noch die Knöpfe öffnen. Dann befreite er sich von der Qual seiner Schmerzen.
Erst das Geräusch machte ihm bewußt, was er tue. Es schien ihm unerhört laut, und er versuchte vergeblich, den Schall zu mildern.
Am Karlsplatz kamen sie an einem erleuchteten Café vorbei. „Wir werden noch einen Kaffee trinken,“ sagte Frau Porges.

Er wagte nicht, ihr zu widersprechen. Sie traten ein und setzten sich an einen kleinen Fenstertisch. Es war kein Bekannter im Lokal.

Polzer schämte sich der Schwäche, die ihn vor Frau Porges erniedrigt hatte. Sie sah ihn an. Er begriff, daß er etwas sagen müsse, wie beschämend auch dies alles sei. Er fühlte, daß sie es erwarte.

„Frau Porges," begann er, „Sie haben das Recht, eine Erklärung von mir zu verlangen. Der Gedanke, daß Sie eine Dame sind, ich gebe es zu, ist einen Augenblick lang bei mir in den Hintergrund getreten, woran Ihre Aufforderung vielleicht nicht ganz unschuldig gewesen sein mag, Frau Porges. Ich glaube fast, daß ich es niemals von selbst getan hätte."

„Sie sind sehr rücksichtsvoll," sagte Frau Porges. „Es freut mich, daß Sie mich so als Dame behandeln, trotzdem ich nur eine einfache Frau ohne Mädchen bin."

Ihm schien, daß sie ihn nicht ganz verstanden habe. Das Unziemliche seines sonstigen Betragens gegen Frau Porges fiel ihm ein. Er dachte einen Augenblick daran, sie von nun an als gnädige Frau anzusprechen. Doch ließ er diesen Gedanken fallen, weil er nicht wußte, wie er eine solche Änderung ihr begreiflich machen sollte.

Im dunklen Treppenhaus überfiel Frau Porges Angst, und sie drängte sich an Polzer. Er hatte kein Zündholz bei sich und beruhigte sie mit einigen Worten. Beim Abschied deutete ihm Frau Porges an, wie sehr sie sich auf den kommenden Sonntag freue. Polzer vermied es, vorläufig darauf zu erwidern.

3

Über Franz Polzers Bett hing das Bild seines Schutzheiligen. Es war nicht viel größer als eine Ansichtskarte, weiß und rechteckig. In der Mitte stand der Heilige, bunt bemalt. Das Bild war gerahmt und unter Glas.

Polzer hatte das Bild noch von seiner Mutter erhalten. Einmal war der Heilige im Zimmer der Mutter gehangen, zwischen anderen farbigen Heiligenbildern. Polzers Mutter war eine fromme Frau gewesen. Täglich hatte sie Öl in die Lampe gegossen, die zu Füßen des Heilands auf der dunklen Treppe hing und Tag und Nacht flackernd brannte. Sie nahm ihn auch in die Kirche mit. Franz Polzer erinnerte sich seiner ersten Kirchenbesuche gut. Er kniete neben der Mutter unter den großen dunklen Bildern, von angstvollen Vorstellungen bewegt. Er fürchtete die blutenden Gestalten der Märtyrer und vermochte doch den Blick nicht von ihnen zu wenden. Sie waren halbbekleidet, ihr Fleisch war rot bemalt und ihr Antlitz leidensverzerrt nach oben gewendet. Polzer verließ die Kirche bedrückt von Vorstellungen von Sünden und Martern und geängstet von dem Gedanken, das Heilige verletzt zu haben. Er stellte seine regelmäßigen Kirchenbesuche erst ein, als er mit Karl Fanta zusammenzog. Von nun an besuchte er die Kirche nur selten und heimlich.

Auch als er mit Karl wohnte, hing das Bild seines Schutzheiligen an der Wand über dem Bett. Er stand zu dem Bild des heiligen Franziskus in einem besonderen Verhältnis. Nie hätte er eine Nacht ohne den Schutz des über seinem Bett hängenden Bildes geschlafen und selbst auf kleine Reisen nahm er es mit. Er hatte das Gefühl, daß mit dem Schicksal dieses Bildes geheimnisvoll auch sein Schicksal verknüpft sei. Trotzdem hatte er niemals

die Vorstellung eines persönlichen, ihn schirmenden Heiligen. Er dachte an das Bild und nie an den Patron.
Das Bild hing in den Nächten über dem Bett. Polzer hatte nie einen gesunden Schlaf. Des Nachts lag er wach und hörte schnarrende Geräusche. Ihm war, als näherten sich schlürfende Schritte, und er ängstigte sich. Abends las er, trotzdem es seine Erregung verstärkte, die Mordchronik der Zeitung und die Prozeßberichte. Er schnitt diese Berichte aus, versah sie mit dem Datum und ordnete sie in seinem Schreibtisch.
Oft auch las er abends in Büchern, die Frau Porges einer Bibliothek entlehnte. Sie enthielten die Darstellungen von Verbrechen und den Abenteuern der Detektive. Er las dies alles aus dem unbestimmten Verlangen, sich die Berechtigung seiner nächtlichen Angst zu beweisen. Es war kein Zweifel, daß Gefahr vorhanden sei. Ein Gedanke beruhigte ihn in solchen Nächten: der Gedanke an das Bild über seinem Bett. Er dachte nicht darüber nach, ob es imstande sein könne, ihn zu schützen. Ihn beruhigte seine Gegenwart. Als bestätigte sie ihm, daß alles in Ordnung, alles an seinem Platz sei, auch in der unkontrollierbaren Dunkelheit sich nichts geändert habe und daß er selbst nichts getan habe, das die feste Ordnung der Regelmäßigkeit durchbrechen könne und so dem Außergewöhnlichen die Tür öffnen.
In der Zeit, als Polzer mit Karl wohnte, brachte ihm das Bild Karls Spott. Karl nannte ihn abergläubisch. Er dachte nicht daran, daß Polzers Verhältnis zu dem Bild ein Verhältnis zur Ordnung oder daß Aberglaube eben die ängstliche Achtsamkeit auf Ordnung und Regel und Furcht vor der Gefahr des Außergewöhnlichen sein könne. Polzer hatte jahrzehntelang einen Federhalter benutzt, den er sich noch als Schüler gekauft hatte. Es war ein schwarzer, zusammenlegbarer, einfacher Federhalter. Er hätte als Schüler nicht gewagt, seine Schularbeiten mit einem anderen Federstiel niederzuschreiben. Noch als Student und als Beamter schrieb er mit diesem Halter, den er stets bei sich trug. Plötzlich war der schwarze Federhalter verschwunden. Das geschah in der Zeit der ersten Annäherungsversuche der

Witwe, und Polzer zweifelte nicht daran, daß Frau Porges den Federhalter beiseite geschafft habe, weil sie wußte, wie sehr ihn das Verschwinden dieses alten Federstiels in Unruhe versetzen mußte.

Polzer brachte es nie über sich, sich von Dingen, die ihm gehörten, freiwillig zu trennen. In seinen Kästen und Schüben häuften sich alte Papiere, Zeitungen, unbrauchbar gewordene Kleidungsstücke. Der schreckliche Gedanke an Hausdiebstähle verließ ihn nie. Er fürchtete ständig, es könnten Dinge aus seinem Besitz verloren gehen, ohne daß er es bemerke. Polzer fand kein Mittel, die ständige Unruhe, in die dieser quälende Gedanke ihn versetzte, zu überwinden. Alle seine Sinne mußten ununterbrochen auf der Lauer sein, denn die Gefahr bestand. Keine Veränderung durfte ihm entgehen. Allwöchentlich zählte er nach, was er besaß, Bücher, Zeitungen, alte Papiere, Wäsche, Kleider. Er wollte die Gewißheit, daß sich nichts an seinem Besitzstand geändert habe.

Polzer wußte, daß er keine Schätze besitze. Er war nicht im Zweifel, daß seine Habseligkeiten, seine vielfach geflickte Wäsche, die übertragenen Anzüge keinen großen Wert darstellten und kaum jemanden verlocken könnten, sich sie anzueignen. Trotzdem wurde er diese Furcht nicht los. Sie kam über ihn, sobald es dunkel war. Die Nacht barg alle Gefahren. Er war wehrlos und traute der Einsamkeit nicht. Etwas hielt sich verborgen, die Verschwörung atmete aus dem Dunkel, Polzer vermochte nichts gegen sie. Der Anschlag gegen ihn knarrte, atmete und lauerte an der Tür. Durch eine Bresche konnte er hereinbrechen, wenn der erste Stein gelöst war, daß er Fuß fassen konnte. Polzers Habseligkeiten waren gezählt, die Jalousienschnüre lagen im rechten Winkel, die Ordnung war noch nicht unterbrochen. Das Bild hing als Zeuge über dem Bett.

Franz Polzer sehnte sich nach einem Mitbewohner seines Zimmers, dessen greifbare Gegenwart das Geräusch der feindlichen Einsamkeit schweigen gemacht hätte. Er sehnte sich danach, neben einem Menschen zu schlafen. Er hörte das Bett der Frau Porges unter der Last ihres Körpers knarren und nahm sich vor, sie am Morgen zu bitten, daß sie ihn in ihr Zimmer aufnehme. Er wollte einen Paravent kaufen, der seine Bettstelle von der ihren trennen sollte. Auch er wollte nachts Erholung und Ruhe finden wie sie. Am Morgen verwarf er diese Gedanken. Ihr vertraulicher Blick erschreckte ihn. Er fürchtete, sie würde die wahren Gründe seiner Bitte nicht verstehen. Es schien ihm nicht unwahrscheinlich, daß sie den Anlaß wahrnehmen würde, auf ihn zuzutreten und ihn zu umarmen, wozu sie immer bereit schien. Diese Möglichkeit nahm ihm den Mut. Er richtete den Oberkörper starr auf und streckte ihn, wenn die Witwe eintrat. Zugleich ließ er die Arme schlaff herabhängen. Den Kopf schob er weit zurück. Das war seine wortlose Abwehr.

Auf Polzers Schreibtisch stand eine Schachtel mit Briefpapier. Er war mit niemandem im Briefverkehr und es geschah selten, daß er einen Brief zu schreiben hatte. Aber er hielt es für nötig, auch auf diese Möglichkeit immer gefaßt und vorbereitet zu sein. Nach durchwachten Nächten war es ihm am Morgen oft ein Bedürfnis, die Briefbogen nachzuzählen, und sich in der Gewißheit, daß kein Bogen fehle, zu beruhigen.

Einmal, als er gerade beim Zählen der Bogen war, trat Frau Porges ein. Sie brachte das Frühstück. Sie sah Polzer wortlos an. Ihm war, als hätte sie ihn bei einer schmählichen Handlungsweise ertappt. Zugleich verstimmte ihn, daß sie nun bei ihm eintrat, ohne zu pochen.

„Sie haben nicht gepocht, Frau Porges," sagte er.

Er fühlte, daß er hierdurch seine Situation verschlechtert habe.

„Herr Polzer," sagte Frau Porges, „ich weiß es schon seit langem. Sie gehen darauf aus, mich zu beleidigen. So etwas ist mir noch nie widerfahren. Es wird das Beste sein, wenn wir auseinandergehen."

Sie zürnte ihm und trat näher. Er wich gegen das Fenster zurück.

„Sie wissen," sagte sie, „daß niemand außer mir das Zimmer betritt. Sie glauben, daß ich stehle! Ich werde einen Mieter finden, der mehr Vertrauen zu mir hat."

„Frau Porges," sagte Franz Polzer und er war sehr erschrocken.

„Frau Porges, das darf Ihr Ernst nicht sein. Wenn es Ihnen

lästig fällt, an die Tür zu pochen, pochen Sie nicht, Frau Porges. Treten Sie ein, ohne zu pochen! Aber mich aus der Wohnung weisen, Frau Porges, das sollen Sie nicht! Sie wissen, daß die Schränke voll sind mit meinen Sachen. Ich habe die Übersicht verloren. Wie soll ich sie fortschaffen? Wohin soll ich sie schaffen? Wo finde ich ehrliche Leute ohne Kinder, Frau Porges? Ich könnte nur am Sonntag ziehen. Wer trägt mir am Sonntag die Koffer? Alles ist undurchführbar. Fremden Leuten wollen Sie mich doch nicht ausliefern, Frau Porges! Es ist undurchführbar, Frau Porges, undurchführbar!"

„Sie zählen Ihre Sachen nach und glauben, daß ich von Ihrem Briefpapier nehme. Ich bin wohl arm, Herr Polzer, aber daß ich mich an fremdem Eigentum vergreife, das doch nicht, Herr Polzer, das denn doch nicht!"

„Ich habe nie daran gezweifelt, Frau Porges," sagte er.

Sie trocknete mit dem Taschentuch ihre Augen.

„Setzen Sie sich, Frau Porges," sagte Polzer, „setzen Sie sich. Glauben Sie mir, ich verdächtige Sie nicht! Ich habe gegen niemanden Verdacht. Es ist eine Gewohnheit von mir, alles zu zählen, Frau Porges, eine Bankgewohnheit, nichts anderes, glauben Sie mir!"

Frau Porges hatte sich gesetzt. Sie verzieh Polzer unter Tränen. Es war zwanzig Minuten vor acht. Frau Porges geriet in immer größere Erregung. Sie bemitleidete sich wegen ihrer Einsamkeit und klagte bewegt, daß eine arme Witwe schutzlos allen Beleidigungen ausgesetzt sei. Ihre weiche Rührung war groß. Polzer blickte unruhig nach der Uhr. Es war kurz vor dreiviertel. Er machte Frau Porges darauf aufmerksam. Sie aber in ihrer außerordentlichen Erregung hielt das für unwichtig.

„Sie werden heute etwas später kommen," sagte sie. „Sehen Sie doch, in welcher Erregung ich mich befinde! Kann ich nicht darauf zählen, von Ihnen in meiner Verlassenheit getröstet und gestützt zu werden?"

„Darauf können Sie zählen, Frau Porges," sagte Polzer.

„Kann ich das?"

Sie lächelte und wollte sich erheben.

Polzer richtete sich starr auf.
Da schlug die Uhr dreiviertel. Frau Porges sagte noch etwas, aber Polzer hörte es nicht mehr. Er eilte fort und kam auch diesmal noch rechtzeitig in die Bank.
Als am Abend Frau Porges bei Polzer eintrat, schien es ihm, als wollte sie das Gespräch fortsetzen. Polzer hob den Blick nicht von der Zeitung. Sie ging wieder, und Polzer bemerkte zum erstenmal, daß in ihren Augen etwas Feindliches, Böses sei. Ihr Blick beunruhigte ihn noch nachts, als er im Bett lag.
Polzer konnte in diesem Sommer nicht wie sonst am Sonntagnachmittag seinen Spaziergang zum Kai machen. Er liebte diesen Spaziergang sehr. Der Fluß war voll von badenden und schwimmenden Menschen, Ruderbooten und den Dampfern der Ausflügler. Von den Inseln klang das Konzert der Militärmusik. Polzer schritt zwischen Familien und einzelnen Spaziergängern. Selten traf er ein ganz unbekanntes Gesicht, manchmal Leute aus der Gasse, in der er wohnte, einen Herrn aus der Bank oder dem Café. Er ging langsam und sah seine Schuhe in der Sonne glänzen. Er trat vorsichtig auf, um sie nicht zu beschmutzen. Aus Angst vor Dieben hielt er die Hände auf dem Rücken gekreuzt, über der Tasche, in der er die Brieftasche trug. Manchmal fühlte er sich betroffen, wenn er einen Blick auf sich ruhen fühlte. Rasch sah er an seinem Anzug hinunter, sich zu vergewissern, daß alle Knöpfe geschlossen seien. Das Bewußtsein, daß sein Anzug nicht nach der Mode geschnitten sei, bedrückte ihn. Er konnte nicht hindern, daß er Aufmerksamkeit errege. Besonders Kinder und halbwüchsige Mädchen schienen ihm gefährlich, und ihnen wich er vorsichtig aus. Bis zum Theater schritt er in der Sonne. Dann bog er in die Stadt ab und ging ins Café.
Die Spaziergänge unterblieben nun, da am Sonntag gleich nach dem Mittagessen Frau Porges in ihrem schwarzen Sonntagskleid bei ihm eintrat. Mit ihr auf den Kai zu gehen, unter die vielen Menschen, schien ihm unmöglich. Zudem wohnte auch Karl Fanta am Kai, und er mußte unter seinen Fenstern vorbei. Die

Erinnerung an Kuchelbad war zu lebendig, als daß er hätte einen Ausflug mit Frau Porges unternehmen wollen. Es blieb nichts übrig, als mit Frau Porges ins Café zu gehen. Er saß mit ihr an dem kleinen Tisch im Billardsaal.

Die Studenten stellten die langen Queues zu Boden, als Polzer zum erstenmal mit Frau Porges eintrat, und sahen Frau Porges an. Polzer verbarg sich hinter der Zeitung. Frau Porges wollte sprechen, allein Polzer schwieg. Er fühlte, daß sie von allen Seiten beobachtet würden, und fürchtete, man könnte an den Nebentischen das Gespräch hören.

Er war zum drittenmal mit Frau Porges im Café, als sich ein Student an den Tisch setzte. Frau Porges hatte ihn in der Straßenbahn kennengelernt. Er war groß und schmal, hatte blondes Haar und einen leisen Bartanflug.

Frau Porges unterhielt sich angeregt mit ihm. Sie lachte viel und laut. Polzer sah den Billardspielern zu und beteiligte sich am Gespräch nicht. Er hätte Frau Porges gerne gebeten, ihr Lachen zu dämpfen, fand aber nicht Gelegenheit, es zu sagen. Die beiden sprachen miteinander und beachteten Polzer nicht. Der Student begleitete Frau Porges auf dem Heimweg bis an die Haustür. Hier erst verabschiedete er sich.

Am nächsten Sonntag brachte der Student Bekannte mit an den Tisch. Man mußte die Stühle eng aneinanderrücken. Die Unterhaltung war laut. Als sich Polzer im Saal umsah, bemerkte er, daß der junge Mann, der in der Bank am Tisch ihm gegenüber arbeitete, am Fenster saß und ihm zulächelte. Polzer beschloß, das Café sofort zu verlassen, und erhob sich. Frau Porges legte ihre Hand auf die seine und sah ihn bittend an. Der junge Mann hatte es bemerkt und nickte Polzer zu. Alle sprachen auf Polzer ein, ihn zum Bleiben zu bewegen. Eine dicke Frau am Nebentisch beobachtete die aufgeregte Szene durch das Lorgnon. Polzer kannte sie. Ihr Gatte war Professor am Weinberger Gymnasium. Polzer setzte sich hilflos.

Polzers Nachbar, ein vornehm gekleideter junger Arzt, wandte sich an ihn:

„Sie sind zu beneiden! Was für eine schöne Frau Sie haben!“

Er sprach leise und langsam. Wenn er lächelte, zeigten sich unter dem dichten schwarzen Schnurrbart blendend weiße Zähne.

Polzer wandte sich ihm zu. Er wollte ihn in passenden Worten aufklären. Aber Frau Porges hatte gehört, was der Doktor gesagt hatte.

Sie begann laut zu lachen.

„Wenn Sie wüßten, Herr Doktor," sagte sie, „wenn Sie wüßten!"

Sie sah Polzer an und lachte ununterbrochen. Alle begannen mitzulachen und Polzer anzusehen. Bloß der Doktor lachte nicht.

Polzer bemerkte, daß sein Tisch die Aufmerksamkeit aller Anwesenden errege. Seine Bestürzung war groß. Frau Porges rannen Tränen über die Wangen. Sie trocknete sie mit einem Taschentuch.

„Ach Polzer, Polzer," sagte sie.

Das erhöhte Polzers Fassungslosigkeit. Noch nie hatte sie ihn einfach Polzer genannt. Ihm schien, als ob sie ihn demütigen wolle. Er bemerkte, daß der lange Student ihren Handrücken streichelte, und wollte etwas sagen. Der junge Mann aus der Bank hatte sich erhoben und nickte Polzer lachend zu. Frau Porges nahm ihre Hand unter den Tisch; die Hand des Studenten folgte. Frau Porges' Bluse hatte sich verschoben. Franz Polzer sah erschrocken im Ausschnitt den Ansatz ihrer Brust sich bewegen. Der junge Mann verschwand in der Tür. Polzer hatte seinen Gruß nicht erwidert. Ihm nachzueilen war zu spät. Schon mußte er unter den vielen Menschen auf der Straße verschwunden sein.

Frau Porges sprach leise zu ihrem Nachbar.

In dieser Nacht beunruhigte Polzer der Gedanke, der junge Wodak konnte in der Bank Bemerkungen über die Begegnung im Café machen. Polzer wußte nicht, wie er dem begegnen sollte. Eine Darstellung seines Verhältnisses zu der Witwe, das der Wahrheit nicht entsprach, konnte seine Stellung untergraben.

Als Polzer am Morgen an seinen Platz trat, saß der junge Wodak schon da. Er lächelte. Polzer erwartete Wodaks Angriff und seine eigene maßlose Demütigung. Allein Wodak sagte nichts. Sein Benehmen schien Polzer vielmehr höflicher und zuvorkommender als sonst. Polzer beruhigte sich. Er dachte nicht, daß Wodak einen besonderen Plan bereit habe, ihn zu beschämen.

Das war am Montag. Am Ende dieser Woche trat ein Ereignis ein, das Polzers Leben von Grund aus veränderte. Dieses Ereignis war für Polzer mit seinem Hut verknüpft.

4

Es war ein harter Hut, schwarz, mit einem ebensolchen Band. Seine Krempe war schmal und gerade, sein Kopf hoch. An beiden Seiten befanden sich je zwei kleine Luftlöcher.
Polzer schien dieser Hut nie besonders merkwürdig, wenn auch die Krempe kaum einen Finger breit war. Auch später und selbst bei genauer Überlegung konnte Polzer nichts Sonderbares an ihm finden. Polzer blieb vor den Auslagen der Hutgeschäfte stehen. Er sah Hüte mit breiteren Krempen und niedrigeren Köpfen. Er beobachtete die Vorübergehenden und sah breitkrempige und schmalkrempige Hüte. Hüte mit hohem und Hüte mit niedrigem Kopf. Er begegnete Leuten, deren Hüte spitz zuliefen und von zwei Streifen in anderer Farbe quer überzogen waren. Solche Hüte schienen ihm besonders. Auffallend war ihm auch, daß sich die Hüte der Fremden von denen der Einheimischen unterschieden. Nach einiger Zeit erkannte Polzer jeden Fremden sofort an seinem Hut. Diese Hüte glichen einander. Nur in den Farben unterschieden sie sich. Doch waren sie fast durchwegs schwarz oder grau. Die Krempen waren stets gleich breit und die Köpfe gleich hoch. Zudem sahen diese Hüte immer neu aus.
Am Samstag dieser Woche trug Polzer den schwarzen Hut. Er eilte aus der Bank nach Hause. Es war sieben Uhr abends. Die Straßen waren voll von verspäteten Käufern und heimkehrenden Angestellten. Die Luft war erfüllt vom Lärm der herabgleitenden Rolläden und den Glockenzeichen der überfüllten Straßenbahnen. Polzer bog vom Wenzelsplatz in die Wassergasse ein und überholte zwei halberwachsene Mädchen.
Er hatte kaum einige Schritte weiter gemacht, als er das laute Lachen der Mädchen hörte. Er wandte sich um. Er wußte nicht, daß das Lachen ihm galt. Er begriff es, als er den lachenden

Mädchen ins Gesicht sah. Ihre Augen hingen an seinem Hut. Polzer fürchtete, daß vielleicht ein Vogel seinen Hut beschmutzt habe. Er zog ihn erschrocken vom Kopf. Er drehte ihn in der Hand und untersuchte ihn gründlich. Die Mädchen hatten sich genähert. Sie lachten laut. Leute sammelten sich um Polzer. Er stand barhaupt in der Mitte. Immer neue Leute kamen. Es war die belebteste Straßenecke. Man bemerkte die Ansammlung aus der elektrischen Straßenbahn. Polzer sah hinter den Glasscheiben alle Gesichter sich zugewandt. Ringsum lächelten die Leute. Alle sahen ihn an. Polzer setzte den Hut wieder auf den Kopf.

Die Eltern der beiden Mädchen waren herangekommen. Sie waren groß und dick. Der Vater hatte einen dunklen weichen Hut mit Gemsbart. Es waren Fremde. Polzer wollte gehen. Die Mädchen sprangen ihm nach. Er wandte sich um und stand ihnen knapp gegenüber. Sie hielten einander an den Händen und lachten. Sie trugen schwarze Lackhüte mit mehrfarbigen Bändern. Polzers Ratlosigkeit ermutigte sie.

„O Gott, o Gott," rief die eine, „wo haben Sie diesen Hut geerbt?"

Polzer errötete. Denn tatsächlich stammte der Hut aus der Verlassenschaft des Herrn Porges. Frau Porges hatte ihn für Polzers Kopfform umarbeiten lassen.

„Was ist das für ein Stück," sagte der Vater und lachte. „Was verlangen Sie? Ich bin Käufer."

„Ich bin Beamter einer Bank," erwiderte Franz Polzer beschämt.

Die Mädchen waren weiter gegangen und die Leute um Polzer verliefen sich. Polzer nahm den Hut unter den Arm und eilte nach Hause.

Er trat in sein Zimmer und legte den Hut auf den Tisch. Er betrachtete ihn genau. Er sah, daß im Leder an seiner Innenwand die Buchstaben G. P. angebracht waren. Herr Porges hatte Gottlieb geheißen. Bisher hatte Polzer diese Buchstaben nicht bemerkt. Er empfand die Demütigung auf der Straße, die ihn

schmachvoll den Blicken aller Passanten ausgesetzt hatte, als Niedertracht des Verstorbenen und seiner Witwe Klara, die ihn erniedrigen wollten. Der böse Blick von Frau Porges fiel ihm ein. Zugleich ward ihm klar, daß sie, die ihn den Augen der Passanten von allen Seiten hilflos ausgeliefert und preisgegeben hatte, ihre Drohung, ihm das Zimmer zu entziehen, wahrmachen könnte. Er entfernte die beiden Buchstaben aus dem Hutleder und legte sie neben den Hut auf den Tisch.
Als Frau Porges eintrat, bemerkte sie den Hut sogleich. Auch die Buchstaben sah sie. Sie blickte Polzer fragend an.
Polzer sagte ruhig:
„Ich werde den Hut nicht mehr tragen, Frau Porges."
„So? Einen noch so guten Hut? Der selige Porges hat ihn lange besessen und so selten getragen. Er war fast immer zu Bett."
„Ich lehne es ab, Frau Porges," sagte Polzer.
„Was lehnen Sie ab?"
„Den Hut Ihres verstorbenen Mannes zu tragen, Frau Porges. Ich lehne es ab, die Erbschaft nach Ihrem verstorbenen Mann anzutreten, in jedem Falle, Frau Porges."
„In jedem Falle?"
Polzer verstand, daß sie an das Zimmer denke.
„Was den Hut betrifft, nur was den Hut betrifft, Frau Porges."
Frau Porges lächelte und setzte sich.
„Was ist denn geschehen, Herr Polzer?" fragte sie.
Polzer berichtete den Vorfall auf der Straße.
„Ich werde den Hut nicht mehr tragen," schloß er.
Frau Porges hatte sich erhoben. Sie nahm den Hut und betrachtete ihn.
„Ein schöner Hut. Ein fast neuer Hut. Man könnte ihn gut noch verkaufen ... Sie werden morgen zu Bunzl gehen, in die Schulgasse, vormittags. Morgen ist Sonntag. Sie werden den Hut verkaufen," sagte sie entschieden und verließ das Zimmer.
Daran hatte Polzer nicht gedacht. Wenn sie ihm kündigen wollte, mußte er es eben tun.

Er lief hinaus, darüber mit ihr zu sprechen.
In der Küche war es schon finster. In Frau Porges' Schlafzimmer brannte Licht. Polzer stand im finstern Flur. In dem Glaseinsatz der Tür sah er Frau Porges' Schatten sich bewegen. Dann wurde es in Frau Porges' Zimmer finster.
Polzer stand noch eine Weile im Flur und wartete. Dann ging er in sein Zimmer zurück. Sein Abendbrot stand unberührt auf dem Tisch. Auch die Zeitung hatte er noch nicht gelesen. Zu all dem fand er jetzt keine Ruhe. Er mußte wissen, ob er morgen zu Bunzl würde gehen müssen, um den Hut zu verkaufen, oder ob Frau Porges davon abstehen würde. Morgen war Sonntag, er konnte also vormittag hingehen. Aber dazu waren Vorbereitungen zu treffen. Der Hut mußte verpackt werden. Jedenfalls, wenn es dazu kommen sollte, mußte Polzer zeitlicher aufstehen. Man sollte vielleicht auch die Buchstaben im Hutleder wieder anbringen. Sie gehörten im Grunde dazu.
Keinesfalls durfte Polzer es so weit kommen lassen, daß Frau Porges wegen dieser Angelegenheit ihm das Zimmer kündige. Er sah ein, daß sie ihm mit Recht zürne. Die Ablehnung des Hutes mußte sie als Beleidigung ihres verstorbenen Gatten verstehen. Es war kein Zweifel, daß sie sich ernsthaft mit dem Gedanken trug, ihm nun das Zimmer zu entziehen. Sie war hinausgegangen, ohne seine Antwort abzuwarten. Wenn sie ihm morgen kündigte, mußte er am Ersten eine andere Wohnung beziehen. Es war ihm bekannt, daß während der Umzüge häufig Diebstähle vorkämen. Er stellte sich vor, wie schwer es sein mußte, die Leute, die zudem unwillig und grob waren, zu überwachen. Polzer erschrak, als er sich die Menge seiner Sachen vergegenwärtigte, die verpackt werden mußten. Auf die Hilfe von Frau Klara Porges konnte er nicht rechnen. Das Heiligenbild würde er in Papier einschlagen und in die Hand nehmen. Besondere Aufregung brachte der Gedanke an das Suchen der neuen Wohnung. In welchem Stadtteil sollte er zuerst suchen? Die Stadt war groß, man konnte nicht wissen, wo man beginnen solle. Außerdem waren Zimmer nur mit Mühe

zu bekommen und dann vielleicht bei unehrlichen Leuten. Auch Kinder konnten im Hause sein.
Polzer legte sich zu Bett. Aber er fand keinen Schlaf. Er wußte, daß er all diese Aufregungen nicht würde ertragen können. Vielleicht würde er krank werden und in der Bank fehlen müssen. Die Arbeit würde sich auf seinem Tisch häufen. Jeden Tag kam ein neuer Stoß, der bei seiner Rückkehr zu einem ungeheuren Berg angewachsen war. Dann würde Polzer wohl ganz zusammenbrechen. Im Zimmer war es ganz dunkel, aber es knarrte. Polzer hielt den Atem an. Vielleicht hat Frau Porges sich bewegt und ihr Bett war es, das knarrte. Die Wände waren so dünn. Vielleicht schlief auch Frau Porges nicht.
Polzer wagte nicht, sich zu bewegen, aber trotzdem knarrte es laut. Diesmal war es bestimmt in seinem Zimmer. Etwas ging vor. Sollte er nicht doch nachsehen, ob Frau Porges wach sei, leise an ihre Tür pochen? Vielleicht verzieh sie ihm die Beleidigung des Verstorbenen, wenn er einwilligte, als Sühne seinen Hut zum Verkauf zu tragen. Vielleicht auch hatte sie es gar nicht ernsthaft gemeint. Im Grunde war es vielleicht besser, wenn der Hut verkauft würde. Denn tragen wollte er ihn auf keinen Fall mehr.
Ringsum war kein Schein von Licht. Polzer hätte gern Licht gehabt, aber er wagte nicht, den Schalter anzudrehen. Er wußte, daß es besser sei, sich schlafend zu stellen. Polzer fühlte die Gefahr. Er streckte vorsichtig die Hand aus, um nach dem Heiligenbild zu tasten. Sein Arm bewegte sich langsam. Es dauerte unendlich lange, bevor er ihn ganz ausgestreckt hatte. Die Muskeln schmerzten. Sein Arm zitterte. Aber das Bild hing noch da. Er berührte seinen Holzrand. Er wollte die Hand nicht gleich wegziehen, er wollte die Hand eine Sekunde nur auf seinem Bild ruhen lassen. Dann wollte er die Hand langsam und unhörbar wieder zurücknehmen.
Da fiel der Heilige. Er fiel auf den Holzrand des Bettes und zerriß die Stille. Polzer traten die Augen aus dem Kopf. Er hätte das Bild halten können, aber er regte sich nicht. Sein Arm war noch erhoben. Das Bild schien zu schwanken. Dann

fiel es weiter. Es fiel auf den Boden. Das Glas zerschellte. Das plötzliche Getöse verwirrte Polzer. Der Lärm brach sich schreckhaft an den schwarzen Wänden. Polzer sprang auf und lief aus dem Zimmer.

Vor der Tür zu Frau Porges' Zimmer blieb er stehen.

Polzer war im Hemd. Sein Körper war feucht von Schweiß. Er zitterte. Frau Porges mußte den Lärm gehört haben. Polzer pochte leise an die Tür. Sie antwortete nicht. Polzer pochte noch einmal.

„Wer ist da?" fragte Frau Porges.

„Ich, Polzer!" erwiderte er.

„Herr Polzer? Was gibt es, Herr Polzer?"

Er hörte, wie sie sich vom Bett erhob und der Tür näherte. Er legte die Hand an die Klinke und hielt die Tür fest.

„Bleiben Sie, Frau Porges," sagte Polzer, „bleiben Sie. Ich wollte Sie bloß um Verzeihung bitten, sonst nichts. Bleiben Sie, mein Anzug ist nicht entsprechend, Frau Porges!"

Frau Porges drückte die Türklinke herunter. Polzer hielt die Tür fest. Seine Kiefer schlugen gegeneinander.

„Ich bitte auch deshalb um Verzeihung, aber Sie können nicht öffnen. Ich bin nicht entsprechend gekleidet, Frau Porges. Ich lag schon im Bett. Bloß wegen morgen, wegen des Hutes wollte ich sagen, daß ich hingehen kann, wenn Sie es wünschen. Aber, was Sie dafür verlangen, den Preis, müßten Sie mir sagen und ob ich die Buchstaben vorher wieder im Leder anbringen soll."

Sie überwand seinen Widerstand und öffnete. Er sah im Dunkel, daß ihr Haar herabfiel.

Auch sie war im Hemd.

Sie faßte ihn an der Hand.

„Komm, Polzer!" sagte sie. Ihre Stimme klang tief. „Komm!"
Er bewegte sich nicht.

Sie zog ihn in das dunkle Zimmer und schloß die Tür. Dann führte sie ihn ans Bett.

„Du zitterst," sagte sie.

Das Bett war warm. Sie deckte ihn mit dem Oberbett zu. Das Bett roch nach Haar.
Frau Porges legte sich neben ihn.
„Sie werden mich nicht kündigen, Frau Porges?“ sagte er.
Sie lachte und schmiegte sich an ihn. Er begriff, daß sie nun von ihm etwas erwarte. Polzer näherte sich ihr sehr. Frau Porges faßte Polzer an und lachte laut. Polzer dachte an die Kündigung und bemühte sich. Er ward von Augenblick zu Augenblick unruhiger und ungeduldiger. Er bemerkte, daß ihm der Schweiß in Tropfen auf der Stirn stand. Frau Porges lag nun da und regte sich nicht.
„Wie du schwitzst, Zitterer,“ sagte sie und lachte. „Wie du schwitzst!“
Dessen schämte sich Polzer in diesem Augenblick, obzwar er wußte, daß es natürlich sei und keine Schande.
„Ich bin müde,“ sagte Frau Porges. Sie gähnte und dehnte sich. Dann drehte sie sich der Wand zu. Dazu hast du mich nun geweckt?“
Sie lachte:
„Vielleicht geht es morgen,“ sagte sie.
Sie hatte Polzer den Rücken gekehrt. Er schämte sich. Er wußte, daß er jetzt aufstehen und in sein Zimmer gehen sollte. Der Heilige lag in seinem Zimmer auf der Erde. Er fürchtete, daß Frau Porges ihn dazu auffordern würde, ihr Zimmer zu verlassen, wenn er nicht selbst sogleich aufstünde, um in sein Bett zurückzugehen und den Rest der Nacht auf die Laute aus dem Dunkel zu horchen. Aber Frau Porges atmete schon tief und gleichmäßig. Polzer lag an der Kante des Bettes. Er zog die Füße ein, um von der Witwe nicht bemerkt zu werden. Vorsichtig deckte er sich mit einem Zipfel des Oberbettes zu.
Erst morgens stand Polzer auf und ging in sein Zimmer. Frau Porges schlief noch. Er hatte sich leise erhoben. In seinem Zimmer lag das Heiligenbild auf dem Boden. Er hob es auf, reinigte es von Glassplittern und hängte es wieder an seinen Platz an der Wand.

Polzer setzte sich an das offene Fenster und begann seine Schuhe zu putzen. Er sah, wie nach jedem Strich immer heller sich die Strahlen der Sonne im schwarzen Leder unter den Bürsten spiegelten.
Aus dem Nebenzimmer hörte er Schritte. Er wollte Frau Porges nicht begegnen. Er schlug den Hut in Papier und schlich vorsichtig aus dem Hause.

5

An diesem Sonntag nachmittag begleitete Frau Porges Polzer wieder ins Café. Von den jungen Leuten saßen bloß der blonde lange Student und der schwarzhaarige Doktor an ihrem Tisch. Frau Porges saß neben dem Studenten. Polzer schenkte ihr keine Aufmerksamkeit. Er sprach mit dem Doktor. Der Doktor gab seiner Verwunderung Ausdruck, daß Polzer noch so viel von dem, was er gelernt hatte, behalten habe. Er sagte, daß er Polzer um sein Gedächtnis beneide. Auch für die Bank zeigte er Interesse, und er erzählte Polzer, daß auch er sich einmal mit dem Gedanken getragen habe, als Beamter in eine Bank einzutreten. Polzer wieder lobte das Studium der Medizin wie den ärztlichen Beruf, der ihm in seiner Jugend als Ziel vorgeschwebt habe. Dabei verschwieg er nicht, daß auch sein jetziger Beruf seine Vorteile biete, vor allem dadurch, daß er die Existenz unabhängig von Alter und Krankheit sichere.

Das aufmerksame Benehmen seines Nachbars war Polzer angenehm. Er erfuhr, daß der Doktor Heinrich Ehrmann heiße. Er lebte in guten Verhältnissen und übte seinen Beruf nicht aus.

Polzers Taschentuch fiel zu Boden. Er bückte sich, es aufzuheben. Da sah Polzer, daß der blonde Student die Hand auf Frau Porges' Knie gelegt hatte. Polzer fuhr zurück. In diesem Augenblick geschah etwas Entsetzliches. Die Tür öffnete sich weit, und es erschienen unter Führung des kleinen Wodak etwa zehn Herren aus der Bank. Sie grüßten lachend und setzten sich an den Nebentisch. Es waren darunter drei Herren aus der Korrespondenz, mehrere Herren aus der Buchhaltung und ein Herr aus der Wechselstube. Auch ein Prokurist war unter ihnen. Sie saßen am Nebentisch, musterten Frau Porges und lachten herüber.

Polzer stand auf. Er lächelte starr den Herren zu. Auch Frau Porges hatte sich erhoben.
Sie sprachen auf dem Heimweg kein Wort. Der Student und der Doktor waren im Café zurückgeblieben. Zu Hause legte Frau Porges das Kleid ab. Dann trat sie bei Polzer ein. Sie trug eine Bluse, die lose über die Taille herabhing wie Milkas Bluse.
Polzer sagte:
„Ich kann nicht wieder in die Bank gehen." Seine Stimme zitterte. „Alles hat mich gesehen."
Frau Porges lächelte. Polzer sagte:
„Als der Student seine Hand auf Ihrem Knie hatte, Frau Porges..."
Sie trat ganz nahe an ihn heran. Er sah, daß sie dick und breit geworden war. Ihre Brüste hingen herab. Auf ihren Wangen standen dunkle Härchen. Er fühlte ihren warmen Atem.
Ihre Brüste unter der losen Bluse berührten schon seinen Leib. Er hob die Hände, sie abzuwehren, aber die Finger griffen fest in diese schwere Masse von Fleisch.
An diesem Abend vermochte er es.
Sie hatte das Licht ausgelöscht und schlief neben ihm. Ihr Arm lag unter seinen Schultern.
In der Nacht ergriff Franz Polzer ein großer, unbegreiflicher und fürchterlicher Gedanke.
Es geschah plötzlich. Der weiße Strich ihres Scheitels schimmerte bleich. Ihr Leib war, als wenn er weich wäre und dunkel. Er suchte nach diesem Leib. Und plötzlich erinnerte er sich, daß es der Leib seiner Schwester sei.
Er sah, daß dieser Gedanke unergründlich sei. Denn er hatte nie eine Schwester gehabt. Aber der Gedanke war zu groß da, als daß er hätte versuchen können, ihn zu vertreiben.
Franz Polzer stand auf und hüllte sich in seinen Mantel. So setzte er sich an den Tisch. Ihm war, als habe er seiner Schwester beigewohnt. Er erinnerte sich der Nächte zu Hause, wenn die schweren Tritte des Vaters auf den morschen Dielen knarrten und er, von Grauen gepackt, im Bette lag und horchte.

6

Um zehn Uhr erschienen aus allen Abteilungen Herren in dem Zimmer, in dem Franz Polzer saß. Um diese Zeit verstummte das Geräusch der Maschinen für einige Minuten.

Polzer beugte sich über die Arbeit und sah nicht auf. Die Herren beglückwünschten ihn lachend.

„Wer hätte das gedacht," sagte einer aus der Buchhaltung. „Die stillen Gewässer."

„Ob er ihr genügt, meine Herren? Ist er ihr nicht zu schwach und zu mager?"

„Sagen Sie das nicht," sagte der Prokurist. Er lächelte überlegen. Er war in solchen Dingen erfahren. „Die Frau weiß, was sie tut. Ich kenne das. Die mageren Hähne, sagt man, und nicht mit Unrecht, sind die besten!"

„Trotzdem, Herr Prokurist," sagte der Beamte Fogl, „wenn sie sich im Bett umdreht, mit dieser Auslage, ich glaube, sie zerdrückt ihn an der Wand."

„Wir wollen mit der Dame bekannt werden, Herr Polzer," sagte der Prokurist. „Sie sind es uns schuldig, als Kollege, Herr Polzer. Ich schlage vor, daß wir Sonntag nachmittags gemeinsam einen Ausflug machen. Dagegen wenden Sie doch nichts ein, Herr Polzer?"

Polzer schwieg.

„Nun, sagen Sie nicht ja, Herr Polzer?"

Polzer nickte. Er hatte diese Nacht nicht geschlafen und war, ehe Frau Porges erwacht war, aus dem Haus geschlichen. Er hatte Angst, abends dahin zurückzukehren. Er dachte daran, zu Karl Fanta zu gehen, ihm alles zu erzählen und ihn zu bitten, daß er ihn bei sich aufnehme, wenigstens für eine Nacht. Aber Karl konnte es nicht verstehen. Man konnte es nicht einmal sagen, weil es so unbegreiflich war.

Der kleine Wodak reichte ihm einen Stoß Papiere herüber und lächelte. Alle lächelten und begriffen es nicht.
Heute abend konnte er nicht nach Hause gehen. Frau Porges würde ihn erwarten. Sie saß vielleicht schon in seinem Zimmer, wenn er nach Hause kam. Besser doch, zu Karl Fanta zu gehen, unter einem Vorwand länger zu bleiben. Erst nachts nach Hause zu kommen, wenn Frau Porges schon schlief. Aber vielleicht lag sie dann vorbereitet in seinem Bett, wenn er kam, und er konnte nicht entgehen.
Oder: es konnte sein, daß Frau Porges zürnte, und sie wies ihn aus der Wohnung. Dann blieb nichts übrig, als die Sachen in den Koffer zu legen und zu gehen. Eine Wohnung bei fremden Leuten, vielleicht bei Dieben zu nehmen und auch diese erst in ermüdend endlosen Gängen durch alle Stadtteile treppenauf und treppenab zu suchen. Oh, alles auf sich nehmen, im Bett unter dem Bild des Heiligen, geschehen lassen wie die Schläge des Vaters in der dunklen Küche, wenn die Tante ihn hielt. Sie schrie, aber er schwieg, weil es so war, weil es so sein mußte, in dem Haus, bei dem Laden. Man konnte nicht entgehen. Den Händen Milkas nicht entgehen, dem Knarren der Treppe nicht, dem Scheitel der Tante, der entblößten fleischigen Brust des Vaters nicht mit den roten und grauen Haarstruppen darauf unter dem aufgerissenen Hemd, und Klara nicht, diesem Namen, Klara Porges, dieser geöffneten, ausgeladenen, näherkommenden Klara nicht, ihrem Scheitel, ihrem Wangenbart, ihrem warmen Körper im Bett nicht entgehen. Die Luft war schwer in dem kleinen Raum, die Hände waren feucht von der Arbeit, und die Finger ließen Spuren auf dem Papier. Es war nicht erlaubt, das Fenster zu öffnen, weil die Tür nicht stillstand und Zugluft entstehen mußte, die die losen Blätter von den Pulten wehte. Das große, volle Haus mit den vielen kleinen und großen Zimmern rauschte von Sprechen, den Schritten, die ununterbrochen über die Treppen und die Korridore gingen, dem rastlosen Hüpfen der klappernden blauen Buchstaben auf das weiße Papier in den Maschinen. Es war kurz vor sechs, als Polzer nicht widerstehen konnte und die

Augen schloß. Er schlief nicht. Er hörte weiter das Rauschen des Hauses, hörte, wie der kleine Wodak Blatt um Blatt umwandte. Aber er fühlte zugleich, daß er die einzelnen Geräusche nicht mehr voneinander unterscheiden könne. Alle waren sie mit einem Male ungeheuer laut, nahe und gefährlich. Alle flossen zusammen und wuchsen zu tosendem Gewirr von Stimmen an. Polzer öffnete die Augen.

Im Zimmer standen die Herren vom Vormittag zum Weggehen bereit, sahen ihn an und lächelten. Polzer stand auf und nahm seinen Hut. Die Herren waren gut gelaunt und erinnerten ihn an den Ausflug am Sonntag. Man fand es begreiflich, daß Polzer eingeschlafen sei. Franz Polzer sah in das lachende Gesicht des Prokuristen. Es schien ihm dicker als sonst. Der Prokurist hatte eine neue Krawatte an und einen dünnen Pepitaanzug. Polzer bemerkte, daß sich seine eigene schwarze Masche bis unter das Ohr verschoben habe. Er konnte sie trotz Anstrengung nicht in die Mitte ziehen, ging aus dem Zimmer und lief die Treppe hinunter. Er hörte das Lachen der Herren und schämte sich, daß sie, die gute Kleider und frischgesohlte Schuhe hatten, über seinen Anzug lachten. Es fiel ihm ein, daß der Prokurist ihn schlafend gefunden hatte. Er konnte es der Direktion melden. Polzer mußte morgen zum Prokuristen gehen und ihn bitten, daß er davon absehe, da es zum erstenmal geschehen sei.

Als Polzer das Tor geöffnet hatte und auf die Straße trat, stand Frau Porges vor ihm. Sie hatte auf ihn gewartet.

Er hörte schon die Schritte und Stimmen der Herren im Stiegenhaus. Er faßte Frau Porges am Arm.

„Kommen Sie“, sagte er, „kommen Sie!“

Er zog sie rasch fort. Sie durften nicht sehen, daß Frau Porges ihn erwartete.

„Warum denn so rasch fort?“ fragte Frau Porges.

Er antwortete nicht.

Da lächelte Frau Porges böse.

„Warum bist du morgens fortgelaufen?“ sagte sie.

Er wich ihrem Blick aus und sah zu Boden.

„Wie ein Schuljunge bist du, wie ein Schuljunge!"
Sie lachte.
„Man sollte dich vielleicht prügeln wie einen Jungen," sagte sie.
Darüber erschrak Franz Polzer sehr.
„Damit du gehorchst," sagte sie.
Er aß rasch das Abendbrot, das sie ihm gebracht hatte. Dann versperrte er die Tür und legte sich zu Bett.
Frau Porges kam und wollte öffnen. Als sie die Tür verriegelt fand, pochte sie.
„Öffne, Polzer," rief sie. Und da er zauderte:
„Öffne!"
Franz Polzer stand auf und öffnete.
Frau Porges hatte bloß das Hemd an und einen schwarzen Unterrock.
„Du warst wohl nicht zufrieden mit mir," sagte sie.
Sie trat nahe an ihn heran. Er wollte zurückweichen, doch sie ergriff ihn am Handgelenk.
Auf dem Stuhl lag der Riemen, mit dem er seine Hosen festschnallte. Sie nahm ihn.
„Ziehe das Hemd aus," befahl sie.
Er hielt es mit beiden Händen fest. Sie entriß es ihm.
„Das Hemd weg!"
Sie warf das Hemd zu Boden.
Er deckte die dünnen Arme vor den Leib, die eingefallene Brust und den vortretenden, schlaffen Bauch zu bergen. Er schämte sich, diesen Leib zu entblößen.
Er bewegte sich nicht und hielt die Augen halb geschlossen. Er wartete.
Er hörte sie auflachen. Er fuhr bei diesem Lachen zusammen. Dann hörte er den Riemen sausen.
Klara Porges hatte den Riemen gehoben und schlug. Sie schlug mit dem Ende, an dem die Schnalle war. Er hob schützend die dünnen Arme. Sie stieß ihn auf das Bett, daß sein Rücken nach oben lag.
„Nun wirst du gehorchen," sagte sie.

Sie stieg nackt zu ihm ins Bett. Der Knoten ihres Haares hatte sich gelöst. Das Haar fiel um die Schulter.
Sie legte den Leib für ihn zurecht. Polzer bewegte sich nicht. Ihr Körper glänzte feucht von Schweiß. Über ihren Augen lag der Scheitel. Die weiße Kopfhaut schimmerte. Die dicken Brüste waren zur Seite gefallen und lagen schlaff vor ihm.
Das Bett wurde warm von ihr. Er fühlte auch seinen Körper feucht werden von ihrer Wärme. Sie war grauenhaft entblößt und geöffnet. Nur der Kopf war nicht entblößt. Auf ihm lag der Scheitel der Tante, nicht zerstört.
Franz Polzer bewegte sich nicht. Der Gedanke von gestern war da und war lebendiger, als er gestern gewesen war.
Frau Porges stieß ihn aus dem Bett, daß er schwer zu Boden fiel. Er ergriff sein Hemd und bedeckte sich damit.
In der Nacht erwachte er. Er fühlte, daß Frau Porges' Hände sein Hemd wegschoben und an seinen Leib tasteten.
Das Bett war niedrig, und die Hände erreichten ihn leicht. Er sah Frau Porges nicht; bloß ihre Arme ragten aus dem Bett.
Er wandte den Kopf zur Seite. Er schloß die Augen. Nun war gewiß, was geschehen würde. Er zitterte wie auf der Treppe unter Milkas Händen.
Sie gab ihm einen Stoß und lachte. Er atmete tief.
Er wartete die ganze Nacht, daß sie wieder nach ihm greife. Gegen Morgen griff sie zum zweitenmal nach ihm.

7

Franz Polzer ging aus der Bank geradeswegs zu Karl Fanta. Es war Dienstag.

Karl saß im Lehnstuhl, der an das Fenster gerückt war.

„Dienstag," rief er, als Franz Polzer eintrat. Franz Polzer zog sich einen Stuhl ans Fenster.

„Wie geht es dir," fragte er ängstlich.

Karl lachte.

„Eine kluge Frage! Wie es mir geht! Aber an übergroßer Klugheit hast du doch nie gelitten. Das soll keine Beleidigung sein, Franz. Eine bloße Feststellung! Wie es mir geht ohne Beine, mit Abszessen auf den Armen? Vorzüglich, lieber Franz, vorzüglich!" Er lachte und sah Franz durch seine große Hornbrille böse an.

Franz Polzer schwieg. Er war diese Ausbrüche Karls, die er fürchtete und nicht hindern konnte, gewöhnt. In letzter Zeit sprach Karl sehr viel, nahezu ohne Unterbrechung. Es war, als fürchte er eine Pause im Gespräch.

„Aber dir, lieber Polzer, wie geht es dir? Du stehst doch mitten drin im vollen Menschenleben, ha, ha! Was macht sie, deine Frau Klara Porges? Welch ein Name, wahrhaftig! Nimmt sie zu wie bisher, die Witwe? Und stellst du sie zufrieden, Polzer? Ich hätte ja wenig Vertrauen zu dir!"

„Ach Gott," sagte Franz Polzer, „du weißt doch, daß meine Beziehungen zu ihr rein äußerliche sind. Ich wohne bei ihr zur Miete. Sie ist aus achtbarem Hause!"

Karl Fanta lachte laut:

„Aus achtbarem Haus! Franz, Franz, die Dienstage sind die hellen Augenblicke in meinem Leben. Aus achtbarem Haus! Junges Mädchen aus achtbarem Haus..." Er hörte auf zu lachen.

„Ich will sie sehen, deine achtbare Frau Klara Porges, Polzer. Ich habe dich darum gebeten."
„Sie ist eine ungebildete Frau," sagte Polzer. „Was willst du mit ihr?"
„Sst," sagte Karl Fanta und neigte sich im Stuhl vor. „Sie dürfen es nicht hören! Ich muß sie sehen! — Ich muß fort von hier!"
„Fort von hier?" fragte Polzer erschrocken. „Du? Wohin?"
Karl Fanta blickte nach der Tür. „Sie hassen mich," sagte er leise. Seine Augen flackerten. „Sie wollen meinen Tod!"
„Wer?" Polzer sprang auf. „Wer deinen Tod!"
„Sie! Blicke nur nicht so ungläubig! Sie will meinen Tod. Sie will wieder frei sein. Sie hat Furcht vor mir, ja, darum auch!"
„Dora?"
„Dora! Sie hat mich geheiratet, als ich anders aussah. Nun liege ich da ohne Füße. Ein Stumpf. Meine Arme sind auch schon bedeckt mit Abszessen. Meine Handfläche ist immer feucht, trotzdem ich nichts tue. Und dieser Wanst, der immer fetter wird und voller wie ein aufgeblasener Sack, und die Qual mit dem Stuhl ...! Ich will einen Pfleger haben, Polzer, einen bezahlten Pfleger, hörst du, aber sie läßt es nicht zu, sie will mein Sterben nicht aus den Augen verlieren. Und am Ende erhole ich mich wieder, denkt sie. Sie hält es eben nicht aus."
„Dora hält es nicht aus?"
„Ich halte es nicht aus, Polzer! Ich nicht! Sie tut geduldig, lammfromm, wer würde es denken? Welch eine Aufopferung! sagen die Leute. Verbindet meine stinkenden Wunden. ‚Riechst du es, wie es stinkt?' frage ich. Aber sie lächelt mild, als rieche sie es nicht. ‚Du hältst ja das Gesicht weit weg,' sage ich. ‚Du hältst es nicht aus, Dorachen, mein Herzchen,' sage ich. ‚Gib dein Näschen nur nahe,' sage ich. Da gibt sie die Lippen so nahe, daß man glauben könnte, sie wolle den Eiter wegküssen. Ich sehe es genau, daß sie lächelt und keine Miene verzieht und atmet laut und tief, als sei es ein Duft von Rosen. Aber ich durchschaue das, ich durchschaue es, Polzer. Ich glaube, sie geht hinaus und erbricht sich. Ein Greuel bin ich ihr. Aber klug ist sie, klug. Sie kann warten, denkt sie. Lange kann es

nicht mehr dauern. Wozu noch Aufregungen, Zwist und Geschrei! Haha, wenn ich so einen Strich durch die Rechnung machen könnte. Beine werden mir wohl nicht mehr wachsen. Aber leben bleiben könnte ich noch so wie ich bin, unbeweglich, stinkend, schwitzend, fett, aus Bosheit, Polzer, verstehst du, aus purer Bosheit am Leben bleiben. Wenn ich einen Pfleger hätte, denkt sie, brauchte ich sie nicht mehr. Daß ich keinen habe, zwingt mich, sie nicht zu erzürnen. Ich muß nett sein, lächeln, daß sie mich nicht sitzen läßt. Ich darf ihr nicht sagen, was ich weiß. Es nützt auch so nichts, hat keinen Zweck. Sie würde mich morgens hier ans Fenster stellen und sitzen lassen. Wenn ich einen Pfleger habe, lasse ich mich immerzu durch alle Zimmer rollen, Polzer, da kann mir nichts entgehen. Ich bin da und bin da. Ich bin überall. Dann sage ich alles, was ich weiß, Polzer, alles. Und dann gehe ich fort von hier."

„Wohin willst du, Karl?"

„Zu dir vielleicht, vielleicht zu dir. Laß mich die Witwe sehen. Ich sehe dicke Weiber gern. Früher liebte ich wohl magere. Nun nicht mehr, Polzer. Dora ist mager wie ein Kind, Polzer. Brüstchen, kaum eine Handvoll!"

„Sprich nicht so, Karl," sagte Polzer.

„Haha, ich soll wohl nicht so sprechen, wie? Ich soll wohl Schamgefühl haben, weil sie soviel davon hat, wie? Weißt du, daß sie es mit anderen Männern hält? Schüttle bloß den Kopf, Polzer. Du verstehst es ja, du hast ja Erfahrung, alter Frauenkenner, was? Schürzenjäger, wie? ‚Sprich nicht so, Karl!" Er ahmte seine Stimme nach. „Gerade so werde ich sprechen, weil du so ein Jüngling bist. Weißt du, was ich nun mache, Polzer, jeden Abend? Du sollst es hören. Ich befehle ihr, daß sie sich auszieht. Das erstemal wollte sie nicht. Was will er, dachte sie, dieser Stumpf ist doch kein Mann mehr. Da hatte sie recht. ‚Dorachen,' sagte ich, ‚ich will dich wieder sehen. Wie damals,' sagte ich, bittend, weißt du. ‚Ich weiß, ich bin nun kein Mann mehr. Aber doch,' sagte ich, ‚Dorachen, tu es doch.' Da sah sie mich an und dann tat sie's. Wie ein Mädelchen von vierzehn Jahren noch immer. ‚Dorachen,' sage ich, ‚komm ganz nah.'

Ich kann die Hände nicht heben. ‚Bücke dich, Dorachen,' sage ich, ‚ich will deine Brüstchen in die Hände nehmen, Dorachen.' Sie bewegte sich nicht. ‚Warum nun nicht,' sage ich. ‚Bin ich, weil ich so krank bin, auf einmal dein Gatte nicht? Vor fünf Jahren durfte ich es, weil ich alles konnte, und nun, weil ich mehr als deine Brüstchen streicheln nicht mehr kann, darf ich auch das nicht?' Da trat sie nahe an mich heran und beugte die Brüste bis zu meinen Händen. Ich sah aber, daß sie sich schämte. Warum schämte sie sich früher nicht? Haha! Was sie alles tat und geschehen ließ, ohne sich zu schämen! Auf einmal schämte sie sich. Sie weinte fast. Weißt du, warum sie sich schämte, warum sie weinte, Polzer? Weil ich so unglücklich bin? Nein, nein, glaube das nicht! Weil sie sich von mir angreifen lassen muß, der ich kein Mann mehr bin, schämt sie sich, ihre Brüste wie Sachen angreifen lassen von einer Sache! Ich bin eine Sache, Polzer, eine Sache. Nun tu ich's fast jeden Tag, Polzer, jeden Tag! Sie soll sehen, was sie an mir für einen Gatten hat, Polzer, mag sie mich hassen! Nächstens, wenn du kommst, Polzer, rufe ich sie. Ich will dich zusehen lassen, Polzer. Du sollst sehen, wie sie mich liebt."

Polzer erschrak über Karl Fantas Gesicht, das sich zu einem starren Lachen verzerrt hatte. Er wandte sich ab und blickte aus dem Fenster auf den Fluß und die grünen Hügel am anderen Ufer.

Karl Fanta sank in den Lehnstuhl zurück, das gedämpfte Sprechen hatte ihn ermüdet.

„Ein Glas Wasser!" sagte er.

Polzer reichte es ihm.

Karl Fanta trank.

Dann ergriff er Polzers Ärmel.

„Sie bringt mir Männer ins Haus," sagte er. „Ich kann es nicht hindern. Ich muß fort, Polzer," sagte er.

„Wie kannst du es glauben, Karl, Karl," sagte Polzer. Er war verwirrt und hilflos.

„Ich habe Verdacht," sagte Karl Fanta und sah Franz Polzer an, „begründeten Verdacht."

Franz Polzer fuhr zurück.

„Gegen mich?“ fragte er erschrocken.

Karl ließ ihn los.

„Gegen dich? Hahaha! Narr! Gegen dich!“

„Gegen wen hast du Verdacht?“

„Gegen sie,“ rief er. Er machte eine Pause und horchte. Dann fuhr er wieder leise fort: „Sieh nach, Polzer! Jemand ist hinter der Tür.“

Polzer sah nach. Niemand war hinter der Tür.

„Ich sitze da. Sie hat mich gewaschen, gefüttert, verbunden. Der Bub ist in der Schule, die Köchin ist in der Küche, das Mädchen ist einkaufen gegangen. Dora ist in den Hinterzimmern. Auf einmal gehen Türen, Schritte, ja, jemand ist gekommen. Manchmal höre ich Flüstern, ganz leise, wer es nicht weiß, würde es nicht hören. Nun ist er da, mit ihr, Polzer.“

„Wer?“

„Wer? Vielleicht ein Freund, der mich sonst besucht, vielleicht der Hausbesorger, der Fleischer, der Bäckerjunge. Vielleicht täglich ein anderer. Nun ist es schon zehn Minuten, sie können soweit sein: da läute ich. Nun kommt sie. Ruhig, ohne Aufregung, kaum eine leichte Röte auf den Wangen. Das Haar hat sie wohl rasch zurechtgestrichen. ‚Dorachen,‘ sage ich, ‚ich bin nun mal soweit, daß ich die Einsamkeit nicht ertrage.‘ Ich sehe sie fest an dabei. ‚Laß das Wirtschaften da hinten, Dorachen. Nimm ein Buch und lies vor.‘ Sie setzt sich und liest. Ich lasse sie eine Stunde lesen. Soll er hinten vergehen; dabei lasse ich sie nicht aus den Augen. ‚Nun ist genug,‘ sage ich, ‚ich bin müde. Vielleicht schlafe ich jetzt ein wenig. Geh nur du ruhig wieder nach hinten.‘ Sie schlägt das Buch zu und geht. Mag sie mich noch mehr hassen. Vielleicht bringen sie mich um zusammen. Durch Gift. Ich bin krank und niemand würde Verdacht schöpfen. — Du mußt mir helfen, Polzer! Deine Witwe soll kommen. Sie soll mir einen Pfleger suchen, Polzer! Wirst du sie bringen, nächsten Dienstag, deine Klara?“

„Was soll ich Dora sagen?“

„Daß du sie vorstellen willst. Daß sie dich darum gebeten hat. Bring sie, bring sie, Polzer!"

Beim Weggehen trat Polzer in Franzens Zimmer ein.

Franz Fanta gab ihm seine Aufgaben mit, daß Polzer sie für ihn mache. Polzer fuhr ihm durch das schwarze Haar.

„Du mußt es bis morgen fertig haben, Polzer," sagte Franz Fanta. „Und mache keine Fehler hinein! Morgen komme ich es holen. Daß es fertig ist, Polzer, hörst du?"

Dora stand in der Tür.

„Wie sprichst du, Franz!" sagte sie. „Herr Polzer ist zu gut zu dir. Opfert dir soviel Zeit und du tust gerade, als ob es so sein müßte."

„Bitte, Polzer," sagte Franz, „vergiß es nicht!" Er hatte sich wieder gesetzt und begann weiter in dem Buch zu lesen, von dem er beim Eintritt Polzers aufgestanden war.

„Grüße Frau Porges," sagte er.

Polzer trat in den Flur. Dora folgte ihm.

„Ich muß mit Ihnen sprechen, Herr Polzer," sagte sie. „Warten Sie einen Augenblick. Ich hole mir den Hut und gehe mit Ihnen."

Sie gingen die Treppe hinab und schwiegen. Dora war bleich und erregt.

„Er ist nur auf sich bedacht," sagte sie, als sie vor dem Haus standen. „Aber ist er nicht ein schöner Junge? Karl soll geradeso ausgesehen haben, als er fünfzehn war."

„Wirklich," sagte Polzer. Sie gingen auf der Straßenseite, die am Flußufer lag. Es war kühl geworden und dämmerte. Aber noch immer glitten Boote über den Fluß.

„Wirklich," wiederholte Polzer und blieb stehen. Er sah Dora an, die seinem Blick auswich. Er war erstaunt, daß er nie daran gedacht hatte. Nun erinnerte er sich.

„Wirklich," sagte er.

Er sah auf den Fluß. Plötzlich ergriff Dora seine Hand. Polzer wandte sich ihr zu. Er sah in ein erregtes Gesicht.

„Hat er es Ihnen erzählt, Polzer?" fragte sie.

„Was denn erzählt," fragte Polzer.

Sie hatte ihn losgelassen und hielt mit den Händen das eiserne Geländer umklammert, das die Straße gegen den Fluß abschloß. Ihre großen schwarzen Augen glänzten von Tränen.
„Er quält mich, er quält mich," sagte sie leise.
Polzer schwieg einen Augenblick.
„Sie sollten einen Pfleger aufnehmen," sagte er dann.
„Nein, nein," rief Dora, „das darf nicht sein. Dann würde es erst anheben. Er würde sagen, daß ich ihn nicht liebe, daß ich einen Pfleger genommen habe, um mich ganz meinen Liebhabern ... oh Gott, oh Gott, Herr Polzer ... Daß mir vor seinen Wunden graut, wissen Sie, Herr Polzer, hat er es Ihnen nicht gesagt? Nein, ich darf keinen Pfleger nehmen, Herr Polzer, sonst ist die Hölle los. Und nun, wissen Sie, daß er aus dem Haus will, zu Ihnen will er, Herr Polzer. Sie, sagt er, seien der einzige, Sie kenne er von Jugend an, Sie würden ihn aufnehmen. Hat er es Ihnen gesagt?"
„Er deutete es an, Frau Fanta."
„Wissen Sie, warum das alles ist? Im Grunde würde er gar nicht daran denken. Bloß um mich zu quälen, Herr Polzer, bloß darum. Er würde auch nicht gern gehen, schon weil er Franz so liebt. Er wird es trotzdem tun, um mich zu quälen."
Sie schwieg einen Augenblick. Dann ergriff sie Polzers beide Hände und sah ihn fest an. Er wich ihrem Blick aus und sah zu Boden.
„Sie können es verhindern," sagte sie. „Darum bin ich mit Ihnen gegangen. Ich wollte Sie darum bitten. Lassen Sie es nicht zu!"
„Was soll ich tun?" fragte Polzer.
„Raten Sie ihm ab! Er soll bei mir bleiben! Nur nicht fortgehen. Ich ertrage diese Schande nicht. Man wird sagen, ich habe ihn schlecht behandelt, weil er krank war. Und was soll ich dem Kind sagen, Herr Polzer? Mag er mich weiter quälen! Oh, Sie wissen nicht, was ich leide."
Sie begann laut zu schluchzen. Polzer sah sich um. Auf der anderen Seite der Straße ging ein Mann vorbei, der sich nach ihnen umwandte.

„Beruhigen Sie sich, Frau Fanta," sagte Franz Polzer. „Es gehen Leute vorbei."

Sie hob das Gesicht auf. Eine Locke ihres Haares hatte sich gelöst und hing schwarz in die Wange. Sie sah ihn an. Er fühlte, daß sie von ihm Hilfe erwarte, und wußte nicht, was er sagen solle.

„Liebt er Sie denn nicht mehr?" fragte er nach einer Pause unsicher, ob er mit dieser Frage Dora nicht wieder zu Tränen bringen werde.

Sie zuckte die Achseln.

„Manchmal ist mir, als müsse er mich noch lieben. Wie anders könnte man sich das alles erklären! — Wissen Sie, was es ist?" Sie kam ihm so nahe, daß er ihren Atem warm an der Wange fühlte. „Er hat kein Herz mehr. Sein Herz ist auch von Geschwüren zerfressen. Darum ist er so grausam zu mir."

Sie sah ihn fest an. Er fühlte, daß diese Erklärung all ihrer Leiden ihr etwas Geheimnisvolles sei, etwas schwer Erdachtes, dem man nicht widersprechen dürfe.

„Ja, er ist sehr grausam zu mir," sagte sie noch einmal.

„Und Sie lieben ihn?" fragte er.

„Ich habe ihn sehr geliebt," erwiderte sie. „Er war so schön, erinnern Sie sich noch? Als er aus Italien kam und um mich anhielt. So schlank und braungebrannt. Nur seine Augen waren damals schon müde. Wenn man das alles hätte ahnen können," sagte sie mit verhaltener Stimme.

„Sie hätten ihn nicht genommen, wenn Sie das alles gewußt hätten?"

„Nein! — Nein!" rief sie und sah um sich nach allen Seiten, als suche sie Hilfe. „Wenn ich es gewußt hätte … Die Ärzte sagten doch, er sei in Italien ganz gesund geworden. Und nach einem Jahr war es aus. Erinnern Sie sich! Am linken Fuß zuerst, Abszeß um Abszeß! Nein, nein, wenn ich es gewußt hätte, Herr Polzer, wo denken Sie hin! Aber nun es so ist, begreifen Sie es doch!"

Er wußte nicht, was er begreifen sollte.

Sie atmete schwer. Sie schien ihn vergessen zu haben. Er rührte sich nicht. Dora sah auf den Fluß.
Sie wandte sich um und reichte ihm die Hand. Sie lächelte müde.
„Verzeihen Sie mir,“ sagte sie leise.
Er zog den Hut, indessen sie schon über die Straße schritt und im Haustor verschwand.
Franz Polzer eilte nach Hause. Er war erregt und beunruhigt. Hier bereiteten sich Veränderungen vor, deren Ausgang noch nicht abzusehen war. Wenn der Kranke zu ihm übersiedeln sollte, in welches Zimmer würde ihn Frau Porges aufnehmen? In das Zimmer mit den guten Möbeln wohl nicht. Am Ende mußte dann er, Polzer, zu ihr ins Zimmer übersiedeln, ständig Bett an Bett mit ihr schlafen. Was würde da über ihn kommen! Doras Weinen klang noch in seinem Ohr. Wenn Karl übersiedelte, am Ende würde sie Dinge tun, die Bestürzung und Verwirrung verbreiten konnten. Als sie so starr ins Wasser sah, war ihm gewesen, als denke sie an Tod. Nächsten Dienstag mußte er Frau Porges mitnehmen. Vielleicht war das gut, so peinlich es war. Es schien ihm wahrscheinlich, daß Frau Porges mit Karl Fantas Plan, zu ihr zu übersiedeln, nicht einverstanden sein würde. Vielleicht auch konnte sie Frau Fanta überreden, Karl einen Pfleger zu nehmen. Es war möglich, daß die beiden Frauen einander gut verstünden. Er wollte Frau Porges gelegentlich alles sagen. Das Bewußtsein, das nächste Mal nicht mehr allein zu Karl Fanta zu müssen, war insofern angenehm, als ihn die Gegenwart von Frau Porges vor Karls und Dora Fantas erregten Bekenntnissen schützen mußte, denen er hilflos und ratlos gegenüberstand. Die Witwe würde die Ruhe behalten und vielleicht würde sie alles zum Guten wenden.
Da am nächsten Tage Franz seine Aufgaben holen sollte, stand Polzer am Morgen zeitig auf. Er schrieb die Aufgaben sauber auf weiße Bogen Kanzleipapier, ohne auch nur einmal ein Wort zu streichen. Aus der Bank eilte er heim, um Franz nicht zu verfehlen. Er hörte seine Stimme aus der Küche. Polzer ging in sein Zimmer. Er wartete, bis Franz zu ihm käme. Er hatte

absichtlich die Tür geräuschvoll geschlossen und im Flur sich geräuspert, daß man in der Küche sein Kommen höre.
Polzer ging etwa eine Viertelstunde im Zimmer unruhig auf und ab, ehe Franz eintrat.
Polzer gab ihm die Aufgaben. Franz warf einen raschen Blick darauf.
„Ist auch kein Fehler darin, Polzer?"
„Ich glaube, es ist kein Fehler darin. Was macht der Vater, Franz?"
„Ach Gott," sagte Franz, „der Vater! Ich glaube, dem Vater wird's nicht mehr besser gehen, wie?"
„Man soll immer hoffen, Franz!"
„Ja, ja ... sag einmal, Polzer, man sagt, ich sehe so aus, wie der Vater einmal ausgesehen hat. Ob ich auch einmal so krank sein werde wie er?"
Polzer zog ihn an sich. Er drückte den Kopf des Knaben an seine Brust. Er war gerührt durch Franz Fantas Frage. Seine Hand lag einen Augenblick lang auf Franzens weichem Haar. Er zog sie rasch zurück, betroffen von verschwimmenden Erinnerungen an des Knaben Vater, an Aufgaben aus dem „Übungsbuch", an Tränen und ferne Zärtlichkeit.
„Du wirst gewiß nicht krank sein," sagte er.
„Er quält uns sehr," sagte Franz, „die Mutter und mich. Die Mutter glaubt, du könntest uns helfen."
Polzer hielt Franz Fanta fest. Er fühlte seine schlanken Glieder an seinem Leib, fühlte, wie die Brust Franzens sich atmend senkte und hob.
Der Knabe sah Franz Polzer an.
Polzer wich dem Blick aus. Er fühlte den Pulsschlag des Knaben. Das war ein Gesicht, das er gesehen hatte. Dora hatte recht. Polzer bestürzten und beängstigten vergessene Ähnlichkeiten.
Franz Fanta sagte:
„Du hast mich lieb, Polzer?"
Da erschrak Polzer und ließ den Knaben los.

8

Am Sonntag fand der Ausflug statt. Frau Porges hatte auch den blonden Studenten, den Doktor und Kamilla eingeladen. Kamilla war Klara Porges' Jugendfreundin. Sie war die Gattin eines Kaufmanns auf dem Kohlmarkt.

Polzer hatte für festliche Anlässe im Schrank einen schwarzen Kaiserrock hängen, den er zuletzt bei der Beerdigung des Vaters getragen hatte. Er wählte zum Ausflug diesen Rock. Auf den Kopf setzte er einen weichen Panamastrohhut, an den Füßen trug er gelbe Schuhe. Es waren seine besten Kleidungsstücke.

Man versammelte sich am Pulverturm. Von den Herren aus der Bank erschienen nur der Prokurist und Herr Fogl. Die andern Herren waren zum Fußballwettspiel gegangen. Sie waren Mitglieder des Fußballklubs.

Der Prokurist trug kurze Hosen und Wadenstrümpfe. Er winkte von weitem, als er Frau Porges und Polzer kommen sah. Er sah fröhlich aus und lächelte, während er Polzers festlichen Anzug musterte. Polzer erkannte, daß seine Kleidung nicht entspreche, und war verstimmt. Herr Fogl trug einen hellen Anzug und einen ebensolchen Hut.

„Sie haben sich angezogen wie zu einer Kindstaufe," sagte Herr Fogl. Alle lachten und sahen Polzer an.

Man ging durch die Elisabethstraße über die Brücke, dann am Ufer entlang, wieder durch Straßen in den Baumgarten. Man wollte nach Troja. Polzer wurde es beim Gehen warm. Die Sonne schien heiß, und der Rock war schwer. Er nahm den Hut in die Hand und blieb hinter den andern zurück.

Der Prokurist hatte erst versucht, sich Frau Porges anzuschließen, die mit dem Studenten ging. Dann wandte er sich Kamilla zu. Die Frauen trugen helle Blusen und dunkle Röcke. Kamilla ging mit Fogl, der Witze erzählte. Sie lachte laut und tief wie ein Mann.

Auch der Prokurist machte Scherze und sah sich um, ob alle ihn gehört hätten. Er wandte sich Polzer zu, der mit dem Doktor ging:

„Nun, Herr Polzer, was sagen Sie zu dem jungen Mann da vorn mit Frau Porges, wie? Die scheinen nicht gestört werden zu wollen."

„Herr Polzer weiß," sagte Fogl und kniff die Augen zusammen, „daß sie sich bald nach den Fleischtöpfen zurücksehnen wird, und dann: Abwechslung macht das Leben köstlich, nicht wahr, gnädige Frau?"

Kamilla schlug die Augen nieder.

„Sie sind schlimm, Herr Fogl," sagte Kamilla. Sie drückte ihm leise die Hand.

Seine Erfolge hoben Herrn Fogls Laune, und er wagte es, seinen Arm unter Kamillas Arm zu schieben. Der Prokurist tat desgleichen von der andern Seite.

Polzer aber bemerkte an der Hose, die er so viele Jahre nicht getragen hatte, vorn, eine Handbreit etwa über dem Knie, ein rundes Loch in der Größe eines Zweihellerstückes, durch das man das weiße Unterzeug schimmern sah. Polzer erschrak darüber sehr und drückte den Hut auf diese Stelle. Er hielt ihn von nun an den ganzen Nachmittag schützend über dem Loch. Er wollte Frau Porges zur Rede stellen, die offensichtlich nicht genügend Obsorge auf seine Kleider verwendete, so daß die Motten seinen Besitz zerfraßen. Sogleich nach der Rückkehr mußte er gründlich alle Schränke durchsehen. Er erkannte, daß das häufige Zählen wohl den Diebstahl, nicht aber sonstigen Verlust erkennen lassen konnte. Es war möglich, daß durch ständigen Mottenfraß Kleider und Wäsche unbrauchbar würden, vielleicht es, da er an diese Möglichkeit nie gedacht hatte, schon waren. Dieser Gedanke verließ ihn den ganzen Weg nach Troja nicht und erfüllte Polzer so mit Unruhe, daß er weder

die vielen Menschen, die gleich ihm einen Spaziergang unternahmen, beachtete, noch auf des Doktors mehrfache Versuche, ein Gespräch zu beginnen, einging.
Trotzdem wurde dieser Ausflug für Franz Polzer durch ein Gespräch wichtig, das er mit dem Doktor führte. Das geschah aber erst in der Dunkelheit, auf dem Heimweg.

In Troja wurde in einem Gasthof Rast gemacht. Man bestellte Wein, Butter und kalten Aufschnitt. Herr Fogl erhob sich zu einem launigen Toast auf die Damen. Kamilla warf bald Herrn Fogl, bald dem Prokuristen strafende Blicke zu, ließ es aber geschehen, daß die Herren sie umschlangen. Polzer bemerkte, daß Klara Porges mit dem Studenten anstieß und daß der Student wie im Café seine Hand auf die ihre gelegt hatte.

Plötzlich fiel es auf, daß Klara Porges und der Student verschwunden waren. Alle lachten und sahen Polzer an. Polzer errötete. Die Herren forderten ihn auf, das Paar zu suchen. Polzer machte sich auf den Weg. Er fand sie nach längerer Zeit in einem dichten Gebüsch hinter dem Gasthaus. Sie hatten Vergißmeinnicht gesucht. Polzer wußte, daß um diese Jahreszeit Vergißmeinnicht gar nicht zu finden seien, und machte die beiden auf das Vergebliche ihres Bemühens aufmerksam.

Als es dunkel wurde, verstummten die Gespräche. Jemand hatte Polzer eine Virginiazigarre gegeben. Er saß still und zog an der Zigarre. Auch der Doktor neben ihm schwieg. Der Stuhl links neben Polzer war leer.

Plötzlich fühlte Polzer Bewegung auf dem freien Stuhl und die Nähe eines Menschen. Am Rascheln der Kleider und an der Körperwärme erkannte er, daß es eine Frau sei. Er erkannte Kamilla. Ihre Augen glänzten erregt, ihr Haar war in Unordnung. Ihr Gesicht kam ihm ganz nahe.

„Die beiden sind langweilig," sagte sie flüsternd. „Sie betatschen einen, als wäre man ein Stück Vieh und zu diesem Zweck gepachtet. Sie sind nicht so, Herr Polzer. Sie patschen nicht so tapsig herum wie diese Bären."
Polzer schwieg.

„Ich weiß es von Klara," sagte Kamilla. Sie war ganz nahe gekommen und hatte ihre warme Hand auf Polzers Schenkel gelegt.
Polzer wich erschrocken zurück.
„Sie hat mir alles gesagt," flüsterte Kamilla.
„Alles gesagt?" murmelte Polzer.
Sie war so dick wie Klara Porges, aber viel kleiner als diese. Ihr Haar war vorn zu einem hohen Schopf gekämmt, die großen Augen schwarz unterstrichen.
„Klara hat mir alles gesagt," flüsterte sie wieder. Er wich auf dem Stuhl zurück. „Sie fürchten sich vor mir? Weichen Sie nicht zurück!"
Ihre Hand lag noch immer auf seinem Schenkel. Er wollte sich von dieser warmen Hand befreien und das Bein wegziehen. Da griff sie fester zu.
„Lassen Sie mich," sagte sie an seinem Ohr. Ihr Atem roch nach Wein. „Lassen Sie mich. Sie hat mir alles gesagt."
Da stieß Polzer einen schweren und tiefen Seufzer aus. Es klang wie ein unterdrückter Schrei oder das Weinen eines Kindes. Alle fuhren auf und wandten sich um.
Kamilla war aufgestanden. Sie rief nach dem Kellner.
Der Kellner brachte ein Windlicht. Kamilla strich ihr Haar zurecht. Klara Porges trat auf Polzer zu.
„Wollen wir nach Hause?" fragte sie.
„Wenn es Ihnen genehm ist, Frau Porges," erwiderte Polzer.
Der Prokurist und Herr Fogl faßten Kamilla unter. Sie gingen voraus. Dann folgte Frau Porges mit dem Studenten. Die Frauen sprachen überlaut und lachten. Sie hatten viel Wein getrunken. Frau Porges stützte sich schwer auf den Arm des Studenten.
„Wo ist Polzer geblieben," fragte sie mit weinerlicher Stimme. Sie blieb stehen und beruhigte sich erst, als Polzer mit dem Doktor vor ihr stand.
„Bist du es auch," sagte sie zärtlich und wollte ihn streicheln. Polzer schämte sich sehr vor dem Doktor und dem Studenten. Die beiden andern Herren waren weiter voraus. Sie hatten es nicht gehört.

Polzer ging neben dem Doktor. Er hielt den Hut fest an die zerrissene Stelle seiner Hose gepreßt.

„Setzen Sie den Hut auf, Herr Polzer," sagte der Doktor. „Die Nachtluft ist kühl."

Polzer gab keine Antwort.

„Es ist ganz finster," sagte der Doktor.

Polzer blieb erschrocken stehen. Er versuchte dem Doktor ins Gesicht zu sehen. Wußte der Doktor?

„Kommen Sie," sagte der Doktor.

Nach einigen Schritten setzte er leiser hinzu:

„Ich weiß, daß Sie ein Loch in der Hose haben." Er schob seinen Arm in den Polzers.

Polzer fühlte, daß ihm das Blut gegen den Kopf steige. Es war finster, und der Doktor konnte es nicht bemerken. Aber schon sah man von ferne die ersten Bogenlampen. Bald würden sie in der Helligkeit der Straßen sein. Polzer drückte den Kopf gegen die Brust. Der Kies knirschte unter den Schritten. Er wagte kaum aufzutreten.

„Herr Polzer," sagte der Doktor, „ich weiß, daß ich an eine wunde Stelle gerührt habe. Es mag taktlos scheinen. Erklären Sie es damit, daß ich Arzt bin und als solcher gewöhnt, die schmerzhaften Stellen anzutasten, wenn es sein muß, sie mit dem Messer zu öffnen."

Der Doktor machte eine kleine Pause, dann fuhr er fort:

„Ich gebe zu, daß Sie mich nicht aufgefordert haben, nach den Ursachen Ihres Schmerzes zu tasten. Ich gebe Ihnen weiter zu, daß Ihre Verwunderung über das, was ich Ihnen sagen will, keineswegs unbegründet erscheint. Sie kennen mich kaum. Aber Sie irren sich, wenn Sie glauben, daß das, was ich Ihnen anbiete, aus irgendeinem tiefen Gefühl, aus Freundschaft, Zuneigung, Nächstenliebe, Barmherzigkeit, Menschenfreundlichkeit oder was der edlen Regungen mehr sind, geschieht. Ich tue es harmlos, nebenbei, verstehen Sie mich, und so braucht Ihr Stolz nicht verletzt zu sein."

Der Doktor schwieg wieder. Polzer verstand ihn nicht.

„Eine Wohltat dürften Sie nicht annehmen, nein, gewiß nicht. Aber Sie dürfen einer Laune von mir nachgeben. Zudem wissen Sie, daß ich ein wohlhabender Mensch bin. Ich übe meinen Beruf nicht aus. Ich reise, im Grunde habe ich bis jetzt nichts getan als mich umgesehen. Ich bin kein mitleidiger Mensch. Ich gebe nichts für die Armen. Wenn ich mitleidig wäre, ich würde gewiß nichts Ihnen und gewiß nicht Ihnen das anbieten, was ich Ihnen anzubieten im Begriffe bin. Ich biete es Ihnen an, weil es meiner Vorstellung von Ihnen entspricht. Ich will meine Vorstellung wahrmachen. Ich weiß nichts von Ihnen. Ich denke mir aber, daß Sie einem guten Bürgerhaus aus der Provinz entstammen. In Ihrer Heimat dürfte Ihr Vater ein angesehener Kaufmann gewesen sein, ein Arzt oder Anwalt. Ich nehme an, daß die Familie verarmte und daß Sie, vielleicht allzu weichlich erzogen, nicht die Kraft besaßen, sich aus eigener Kraft eine Stellung zu erobern, die Ihnen das Ihrer Erziehung und Abkunft entsprechende Einkommen gewährt. Nun, habe ich richtig geraten, Herr Polzer? Oder haben Sie etwas zu entgegnen?"
Polzer fühlte trotz der Dunkelheit den fragenden Blick des Doktors auf sich gerichtet. Er wußte, daß sein Gesicht sich mit brennender Röte bedeckt habe.
„Nein, nein," sagte er.
„Ich sehe das an dem Anstand, Herr Polzer, mit dem Sie Ihre alten und schon schlechten Kleidungsstücke zu tragen wissen. An der liebenswürdigen Schüchternheit, mit der Sie sich in Ihrem Anzug, dessen Dürftigkeit Ihnen bewußt ist, bewegen. In Ihrem ganzen Wesen liegt die Würde einer bürgerlichen Tradition. An nichts tragen Sie schwerer, ich weiß es, als daß Ihr Äußeres mit der Linie Ihrer Bewegungen nicht im Einklang ist, daß es den Erinnerungen Ihrer Erziehung, ich möchte sagen, dem Bilde Ihres Vaters widerspricht. Immerfort liegt das auf Ihnen und drückt Sie. Das ist der Grund, warum Sie sich unfrei fühlen in Gesellschaft und gewiß auch im Beruf."
Sie standen unter den ersten Lampen. Polzer drückte den Hut auf die Hose.

„Können Sie sich nun denken, was ich will,“ fragte der Doktor.
„Nein,“ sagte Polzer.
„Sie brauchen einen Anzug. Einen gut geschnittenen neuen Anzug, Wäsche, Hut, Schuhe und was sonst dazu gehört. Wir werden es morgen miteinander aussuchen, Herr Polzer. Ich strecke den Betrag nur vor. Sie sehen, daß ich kein Wohltäter bin. Die ganze Angelegenheit bleibt zwischen uns beiden. Sie wissen, daß Sie mein Anerbieten ruhig annehmen können, ohne sich mir übermäßig zu verpflichten.“
Polzer sah ihn an. Der Doktor lächelte und wich Polzers Blick aus. Polzer antwortete nicht.
„Ich werde Sie mittags vor der Bank erwarten,“ sagte der Doktor.
An der Haltestelle der Straßenbahn trennte man sich. Polzer fuhr mit Frau Porges nach Hause, und nur der Student begleitete sie. Polzer dachte an eine lange braune Jacke mit rund geschnittenen Schößen. Der Vater von Karl Fanta hatte solch eine Jacke getragen. Es war ein vornehmer und würdiger Rock.

9

Mittags war Polzer mit dem Doktor beim Schneider gewesen. Man hatte ihm einen braunen Rock mit runden Schößen angemessen. Polzer hatte es so gewünscht.
Als er abends aus der Bank nach Hause kam, hörte er aus der Küche Kamillas Stimme. Er ging in sein Zimmer. Es geschah oft, daß Kamilla abends zu Frau Porges kam. An solchen Abenden hörte Franz Polzer nachts lange das Lachen und Sprechen der Frauen aus der Küche.
Das Geräusch der bekannten Stimmen aus der Küche machte die Finsternis erträglicher. Die Dielen knarrten nicht von heimlichen Schritten. Polzer tastete nach dem Heiligenbild. Er hörte noch Kamillas tiefes Lachen und schloß beruhigt die Augen.
In dieser Nacht war es Polzer plötzlich, als würde neben dem Bett gesprochen. Erst ferner und leise, dann lauter und ganz nahe. Polzer schlief nicht, aber seine Augen waren fest verschlossen, er konnte die Lider nicht heben, weil zwei Daumen darauf drückten. Es war sonderbar, wie klar Polzer trotzdem alles sah. Er hatte eine braune Jacke mit runden Schößen an und stand ruhig mitten unter den Leuten. Er wußte bestimmt, daß seine Hose fest verschlossen sei, und ging, würdevoll sprechend, in den großen Zimmern auf und ab. Karl saß in einer Ecke und machte Aufgaben. Es fiel Polzer auf, daß Karl unbekleidet sei und daß er, Polzer, sich nicht darüber wundere. Plötzlich fühlte Polzer, daß jemand an seinen Hosen nestle, und er erschrak sehr. Er wand sich, drückte sich in die Nische des dunklen Treppenhauses, stieß die Hände vor sich, griff in Fleisch, das nachgab, tastete nach dem Heiligenbild. Er hörte Lachen und wußte, daß man ihn sehe, wollte um Hilfe schreien, aber seine Stimme versagte, er mühte sich sehr, einen Ton im Halse zu bilden, nicht bloß heiser den Atem auszustoßen. Am matten

Leuchten der weißen Mittellinie erkannte er den Scheitel. Er wußte, daß Frau Porges alles erzählt hatte, ihn auszuliefern, ihn zu quälen. Warum hatte sie es gesagt? Warum haßte sie ihn? Er wollte sprechen. „Ich bin das Opfer," wollte er sagen, aber sein Hals war trocken, er konnte den Speichel nicht schlukken, so sehr er sich mühte. Da fiel der Scheitel auf die Treppe, mit dem Kopf, sprang die Treppe hinab und rollte vor den Christus. Man hatte plötzlich den Kopf abgeschlagen, wer, wollte er schreien, wer, er schlug sich auf die Brust, alles hob drohend die Finger und wies auf ihn. Er stand da, hilflos und ausgeliefert. Es war keine Rettung. Nun mußte er ziehen, die Sachen zählen, die Wäsche nahm kein Ende, unendliche Wäsche war da. Er mußte sie auf den Rücken laden, sie fiel von den Schultern, da er sie nicht halten konnte; denn in den Händen hielt er das Bild des Heiligen. Nun kam er nach Zizkov in ein dunkles Zimmer, da lag seine Schwester, sie war nackt, ihre Brüste waren flach an den Seiten des Körpers, die Füße auseinandergebreitet. Ihr Leib war feucht und schimmerte. Er wußte, daß ihr Fleisch weich und dunkel sei, und wollte fliehen, denn ein furchtbarer Gedanke lag in seinem Kopf, ein Gedanke, den er nicht ertragen konnte. Es knarrte unter seinen Schritten und aus einer Tür trat ein Mann heraus mit offenem Hemd, und der Mann atmete schwer und hob seine Fäuste, Polzer zu schlagen. Es roch entsetzlich wie von frischen Semmeln. Das Heiligenbild war verschwunden, aber neben sich hörte Polzer Lachen, und die Wärme eines fetten Körpers schlug seinen Atem zurück, daß er fürchtete zu ersticken.
Polzer fuhr auf. Er bebte. Er strich sich mit der Hand über die Stirn. Im Zimmer war Licht. Vor seinem Bett standen Kamilla und Klara Porges.
„Wie spät ist es?" fragte Franz Polzer erschrocken.
„Zwölf Uhr," sagte Klara Porges. „Du hast fest geschlafen. Kamilla wollte dich fragen, wie es dir gestern gefallen hat. Warum bist du so heimlich in dein Zimmer geschlichen?"
Polzer saß aufrecht im Bett. Er sah die Frauen starr an.
„Was wollen Sie?" fragte er tonlos.

Kamilla trat nahe an ihn heran.
„Herr Polzer, wir kennen einander so lange. Warum blicken Sie mich so erschrocken an?“
Sie setzte sich auf das Bett.
Polzer streckte die Hände abwehrend von sich.
„Frau Porges,“ sagte er, „oh Gott, was wollen Sie mit mir?“
„Schweig!“ sagte Klara Porges und verließ das Zimmer.
„Was werden Sie von mir denken?“ sagte Kamilla und beugte sich über ihn. Er fühlte ihren Busen an seiner Brust. „Denken Sie nicht böse von mir! Ich will nichts von Ihnen. Klara hat mir alles erzählt. Warum wollen Sie Klara nicht? Klara ist eine schöne Frau. Sie sagt, Sie wollen sie nicht. Ich bin Klaras Freundin, Herr Polzer, sagen Sie es mir!“
Polzer schwieg. Er sah im Ausschnitt ihrer Bluse den runden Ansatz des Busens. Er schloß die Augen und schwieg.
Auch Kamilla sprach nicht. Er spürte ihren Atem warm an seiner Wange. Die Uhr tickte laut.
Plötzlich fühlte er, daß ihre Hand langsam die Decke beiseite schob. Sein Mund öffnete sich, aber er schrie nicht. Er hörte Kamillas keuchenden Atem.
„Er ist gehorsam,“ sagte Kamilla leise und zärtlich, „er rührt sich nicht.“
„Warum hat sie es erzählt?“ dachte er, „oh Gott, warum hat sie es erzählt!“
„Er ... rührt sich ... nicht!“
Die Schritte von Klara Porges näherten sich im Flur. Kamilla sprang auf. Frau Porges brachte ein Gläschen Schnaps für Kamilla. Kamilla bot es Polzer an. Polzer wies es stumm zurück. „Mehr ist nicht in der Flasche,“ sagte Frau Porges und lachte. Polzer hörte, wie die Wohnungstür geöffnet wurde. Klara Porges brachte Kamilla aus dem Haus. Er hörte die Schritte der Zurückkehrenden. Bald darauf knarrte im Nebenzimmer das Bett. Dann wurde es ruhig.
Polzer dachte daran, aufzustehen, an Frau Porges' Tür zu klopfen und sie zu fragen, warum sie es getan habe. Heute hatte

sie es Kamilla gesagt, morgen würde sie es dem Prokuristen sagen, dem Studenten, dem Doktor, Karl. Er konnte nicht mehr unter Leute gehen, er durfte das Haus nicht verlassen, nicht mehr in die Bank, nicht an den Kai, nicht ins Café mehr, nicht am Dienstag, morgen, zu Karl. Karl würde lachen. Er durfte sie nicht mitbringen zu Karl. Karl durfte es nicht erfahren. Karl verspottete ihn. Karl hatte ihm Gutes getan, aber er verspottete ihn. Karl würde sich nicht fassen können vor Lachen. Karl durfte Klara Porges nicht sehen. Wie soll nun alles enden, dachte Polzer. Wie soll es enden? Sollte er es dem Doktor sagen, Vertrauen zu ihm haben und fliehen? Niemand würde das alles begreifen, auch der Doktor würde es nicht begreifen. Polzer mußte Frau Porges um Gnade bitten, um Erbarmen anflehen. Was hatte er getan? Sie konnte diese Qualen nicht wollen! Er wollte an ihre Tür klopfen: Ein Ende! Ein Ende! Sie würde ihm entgegenkommen im fallenden Hemd mit gelöstem Haar, ihn an der Hand fassen, ihn ins Bett ziehen, an ihren nackten Körper drücken — nein, nein! Das war dieses weiche dunkle Fleisch, das war die grauenhafte unbegreifliche Erinnerung. Nein. Besser fort, in ein fremdes Zimmer, das man nicht kennt, ganz allein. Man weiß nicht, wer im Nebenzimmer schläft. Man hört den Atem. Über den Flur gehen Schritte. Man kann nicht alle Leute kennen, die in dem fremden Hause wohnen, in dem man allein ist. Vielleicht haben sie Schlüssel zur Wohnung, Schlüssel zu den Kästen. Vielleicht stehen sie an der Tür. Sie lauschen und warten, bis sie den Atem des Schlafenden hören. Man hat armen Leuten nach dem Leben getrachtet, weil man Schätze bei ihnen vermutete, oder aus grundlosem Haß.

Es war ganz still in Polzers Zimmer und auch die Dielen knarrten nicht. Polzer wagte nicht, sich zu regen.

„Etwas bereitet sich vor," dachte Polzer.

Im Dunkel stand etwas und wartete. All das mußte enden. In der Ecke war etwas und wartete. Vielleicht ein Mörder mit einem Beil. Man kann das Haus nicht kennen, in dem man wohnt.

Polzer lauschte. Rauschte es nicht? Er hörte Frau Porges nicht atmen. Was war mit Frau Porges? Warum atmete Frau Porges nicht! Es war so still. Was lauerte? Etwas bereitete sich vor.

10

Frau Porges war nicht verwundert, als Polzer sie aufforderte, mit ihm zu Fanta zu gehen. Sie schien diese Aufforderung erwartet zu haben. Polzer dachte auf dem Weg darüber nach, wie er sie auf alles vorbereiten solle. Aber erst knapp vor Karl Fantas Haus begann er zu sprechen.

„Er ist sehr krank, Frau Porges,“ sagte er, „und stets in erregter Stimmung. Er sagt Dinge, die recht ungewöhnlich sind, recht ungewöhnlich, Frau Porges. Er ist ein Kranker, man muß ihn gewähren lassen.“

„Man wird ja sehen,“ sagte Frau Porges.

„Ja, ja, Frau Porges, man wird sehen. — Er spricht nicht gut von seiner Frau, trotzdem sie alles für ihn tut. Er ist ein leidender Mensch. Man muß es ihm nachsehen, Frau Porges. Er hat sonderbare Einfälle. Vielleicht wird er damit anfangen, Frau Porges. Man muß ihn gewähren lassen.“

Frau Porges ging weiter und antwortete nicht. Sie standen vor dem Haus.

„Einen Augenblick noch, Frau Porges,“ sagte Polzer. Sie blieb stehen. „Er wird Ihnen vielleicht einen Antrag stellen, der Sie in Erstaunen setzen mag. Er lebt in guten Verhältnissen, hat eine schöne Wohnung, einen geordneten Hausstand. Aber er fühlt sich verfolgt. Er ist ein kranker Mensch, man muß Mitleid mit ihm haben, Frau Porges. Ich kenne ihn von Jugend an. Er und sein Vater haben wohltätig an mir gehandelt, ich muß ihnen dankbar sein.“

„Was für einen Antrag?“ unterbrach ihn Frau Porges.

„Er fühlt sich verfolgt und will fort.“

„Zu mir?“

„Zu Ihnen, Frau Porges.“

Frau Porges überlegte einen Augenblick lang.

„Wir werden ja sehen,“ sagte sie und schritt die Treppe hinauf. Polzer folgte ihr.
„Man kann, wenn er es verlangt,“ sagte er rasch, als sie schon auf die Glocke gedrückt hatte, „nicht geradezu ablehnen. Er ist ein bedauernswerter Mensch und man muß ihn gewähren lassen.“
Dora öffnete ihnen. Es schien Polzer, als habe sie hinter der Tür gestanden.
„Wie ich mich freue,“ sagte sie und drückte Frau Porges die Hand. Sie sah Frau Porges forschend an. „Kommen Sie, erst wollen wir miteinander sprechen und die Männer allein lassen. Kommen Sie erst zu mir.“
Franz Fanta kam aus seinem Zimmer. Er begrüßte Polzer und Klara Porges. Polzer fand ihn bleicher als sonst. Seine Augen schienen Polzer müde. Dora hatte Polzers Blick gesehen. Als Franz gegangen war, sagte sie:
„Er ist bleich und sieht schlecht aus, nicht wahr, Herr Polzer?“
„Das sind die Jahre,“ sagte Frau Porges.
„Er ist doch so jung,“ sagte Dora leise.
„Aber ein frühreifer Junge,“ erwiderte Klara Porges und lächelte. Dora errötete.
Frau Porges aber sprach weiter. Polzer sah ihr erschrocken auf die Lippen.
„Machen Sie sich keine Sorgen deswegen. In diesen Jahren schläft man nicht gut. Und weiß Gott, womit er sich vergnügt.“
„Nein, nein, Frau Porges,“ sagte Polzer und öffnete die Tür zu Karls Zimmer.
Karl hatte die Stimmen gehört und war unruhig.
„Nun,“ sagte er, „wo bleibt sie? Ich habe ihre Stimme gehört. Eine klare, ruhige Stimme, wie? Man merkt, daß es eine starke Frau ist, kein Püppchen, wie ich es habe. Wo ist sie also, Polzer, wo ist sie?“
„Sie ist bei Dora.“
„Bei Dora, oh, bei Dora! Sie muß präpariert werden, ehe sie hereinkommt, ich verstehe. Ist sie nicht klug, mein Frauchen, Polzer? Nun sagt sie ihr, daß sie nichts ernst nehmen soll,

daß ich eben krank bin und meine Launen habe. Aber ich werde ihr einen Strich durch die Rechnung machen, mein Lieber. Weißt du, was das Neueste ist, Polzer? Nun, du wirst es nicht für möglich halten. Aber erst sage mir, aufrichtig, Polzer, bin ich bei klarem Verstand oder bin ich es nicht?"
Er sah ihn lauernd an.
„Gewiß doch," sagte Polzer.
„Gewiß doch, gewiß doch!" Er ahmte seine Stimme nach. „Antworte klar und fürchte dich nicht! Du wirst mich nicht erschrekken, ha, ha, ha!"
„Ich bitte dich ..."
„Bitte mich nicht, sondern antworte klipp und klar! Bin ich noch bei klarem Verstande? Ja oder nein?"
„Ja."
Karl Fanta beugte sich mit Mühe vor.
„Sie verbreitet nun, daß ich irrsinnig bin. Die Krankheit habe mein Gehirn gefressen. Sie will alles, was geschehen könnte, von vornherein zerstören. Man soll meinen Reden nicht glauben. Daß ich fortgehe, ist der Einfall eines Wahnsinnigen. Alles, was ich sehe und höre, verstehst du mich? geht nur in meiner armen kranken Phantasie vor sich. Woher ich das weiß? Ich hege schon lange den Verdacht. Alles geht so vorsichtig mit mir um. Man wagt nicht zu widersprechen. Man geht auf alles ein. Jeder nickt bloß zustimmend mit dem Kopf. Auch du, ja, ja, auch du, leugne es nicht, auch dir hat sie es gesagt, daß ich verrückt bin. Ruhe, sprich nicht, ich weiß es. Hast du keine Angst vor mir, Polzer? Ich bin doch verrückt! Du glaubst ihr doch, was sie sagt. Glaubst du, ich weiß nicht, daß sie unlängst die Treppe mit dir hinuntergegangen ist? Da hat sie dir geklagt. Sie hatte Tränen in den Augen, die arme Unglückliche, ich weiß es. ‚Der arme Mann', hat sie gesagt. Ja, ja," er lachte, und sein Kopf schaukelte, „wenn ich auch so dasitze, ich weiß doch viel, mehr als ihr glaubt. Schließlich, ich bin doch ein ungefährlicher Verrückter, ich kann mich nicht rühren. Nicht einmal die Hand kann ich aufheben und dir eins in die Fresse schlagen, weil du so dasitzst, so höflich, so zuvor-

kommend und dir denkst: ‚man muß ihn reden lassen', du Schuft, Schuft!" Polzer war aufgesprungen. „Sitzen bleiben," schrie Karl Fanta. „Ich rufe um Hilfe!" Seine Augen blickten angstvoll auf Franz Polzer. Er sank ermattet in den Stuhl zurück.

Polzer hatte sich rasch wieder gesetzt. Er rückte unruhig auf dem Sessel.

„Aber Karl ..." sagte er ängstlich.

„Ja, ja, flöte du nur süß, mein Junge! Ich weiß, daß ich bei klarem Verstand bin. Ich sehe, was ich sehe, und ich höre, was ich höre. Wenn man nicht laufen kann, muß man seine Zuträger haben; Gott sei Dank, man hat sie. Man wird nicht verrückt, mein Lieber. *Au contraire!* Ganz scharfsinnig wird man, ganz hell wird's im Kopf. Man hört noch Lärm, wo für euch schon Grabesstille ist. Ich weiß, daß ich bei klarem Verstand bin, und du kannst es Dorachen ruhig sagen. Sage ihr alles, was ich dir erzählt habe, daß ich ihre Pläne durchkreuze und daß ich weiß, woran ich bin mit diesem Kind, Polzer, das soviel leidet. Es ist doch wahrhaft schrecklich, denkst du, mit diesem Mann, der so entsetzliche Dinge von ihr verlangt. Ja, ja. Ich bin ganz zuckersüß, wenn ich mit ihr spreche, aber mein Tänzchen muß ich haben. Sieh mal, Polzer, wenn ich schreien würde, was würde geschehen? Sie würde mich auslachen! Aber so? Nein, nein, Dorachen hin und Dorachen her, und sie folgt wie ein Mädchen von der Straße und lacht mich nicht aus. Sie weint bloß, wenn sie allein ist. Und sie fürchtet mich und denkt nach, wie sie sich von mir befreien könnte."

„Dora will sich nicht von dir befreien," sagte Polzer. „Sie will doch alles tun, was du verlangst. Sie will es selbst tun und keinen Pfleger nehmen. Dora ist unglücklich, daß du aus dem Hause willst."

„So, hat sie dir das gesagt? Polzer, Polzer, ich weiß ja, daß du keiner von den Klügsten bist. Gott, ich will dich nicht kränken. Du wirst dir vielleicht selbst dessen bewußt geworden sein. Schon in der Schule und später! Du bist nun einmal vielleicht etwas beschränkt. Du kränkst dich nicht, daß ich es sage? Ich bin aufrichtig zu dir. Du bist ein kleiner Bankbeamter, und dazu reicht es gerade. Du siehst es vielleicht selbst ein, wie?"

„Ja," sagte Polzer leise.

„Dann glaube mir wenigstens, Polzer! Sie will keinen Pfleger nehmen, was? Weil sie mich liebt, weil der Gestank meiner Wunden sie nicht ekelt, weil sie mein Weib ist, daß kein Dritter zwischen sie und mich tritt? Ha, ha! Sagte sie das? Siehst du, wie klar ich im Kopfe bin! Nun, ich sage dir, es ist schon manch Dritter zwischen sie und mich getreten. Sie will keinen Pfleger, damit ich weiter ein Gegenstand sei, den sie schiebt, wie sie will, nichts weiter. Sobald ich den Pfleger habe, habe ich einen eigenen Willen. Ich lasse mich dorthin schieben, dahin. Ich sende ihn nach vorn, zu sehen, wer gekommen ist, schicke ihn mit Briefen. Er hört für mich, er sieht für mich, er spricht für mich und er geht für mich. Verstehst du nun, Polzer, verstehst du endlich? Und aus dem Hause will sie mich nicht lassen! Weil sie mich so liebt, weil sie das Leben ohne mich nicht ertragen würde, vor Sehnsucht sterben müßte! Das arme, süße Kind — — Polzer! Glaub es nicht! Es geht um zwei Dinge. Soll ich dir sie erzählen? Aber du hältst mich doch für verrückt!"

„Wie kannst du das glauben, Karl?"

„Nun also, ich werde es dir sagen. Aber rücke nahe heran, Polzer, ganz nahe. Die Wände haben Ohren. In letzter Zeit bemerke ich, daß auch der Junge zu ihr hält. Nun, mag er! Er hat mein Gesicht, sagt man. Aber sein Blick ist nicht von mir. Sein Blick ist von der Mutter. Ich glaube fast, er hat einmal hinter der Tür gestanden. Er sieht mich merkwürdig an. Er kommt herein und gleich wieder zur Tür hinaus. Mir kann es recht sein, Polzer. Aber, warum das Lärvchen vor Sehnsucht sterben würde, wollte ich dir erzählen. Zuerst, weil die Leute sind. Vor den Leuten hat sie großen Respekt. Sie würden sich wundern, die Köpfe schütteln und darüber reden. Man würde ihr Vorwürfe machen. Sie hat ein schlechtes Gewissen. Aber das ist nicht das Wichtige. Nun will ich dir das Wichtige sagen.

Einmal sagte ich zu ihr: ‚Dorachen, mein Täubchen,' sagte ich. Es fiel mir gerade so ein. ‚Mein Täubchen, was für ein entsetzliches Leben hast du doch! du bist jung, noch immer schön, wenn dein Körper auch bei der Entbindung gelitten hat. Der Bauch ist so schlaff geworden. Aber wenn du angekleidet bist, sieht man es gar nicht. Nun mußt du mit mir leben. Ich bin doch kein Mann mehr, nein, nein, Dorachen, mein Engelchen, sage nichts, ich weiß es. Nun denke ich oft darüber nach,' sagte ich, ‚daß es meine Pflicht wäre, dich freizugeben. Aus dem Hause zu gehen, die Scheidung einzuleiten, daß du wieder einen Mann findest, der andere Spiele mit dir spielt als ich. Was sind das für Spiele für eine junge Frau, sich die Brüstchen streicheln zu lassen, rechte Kinderspiele! Ich finde vielleicht auch noch eine, der diese Freuden genug sind, eine ältere mit guten Nerven, die meine Leiden für mein Geld in Kauf nimmt. Sie muß nicht schön und nicht jung sein, das brauche ich nun nicht mehr, ha, ha. Vielleicht freut mich eine Häßliche sogar mehr — ja, wahrhaftig, die Schönheit langweilt mich fast — so eine mit zwei dicken großen Hängebrüsten!" Sie sah mich ganz erschrocken an. Nun wußte ich alles. ‚Du brauchst keine Angst zu haben,' sagte ich. ‚Du weißt selbst am besten, Dorachen, wie ich dich liebe, mein Täubchen. Für dich wird gesorgt sein. Du kennst doch mein Testament, Dorachen!' ‚Ach, Karl,' sagte sie weinend, ‚ach Karl!' Ich schwieg eine Weile, als überlegte ich angestrengt. Dann sagte ich langsam: ‚Ich denke auch nicht daran, das Testament irgendwie zu ändern. Außerdem hast du gewisse gesetzlich geschützte Ansprüche.' Da hörte sie zu weinen auf und sah mich forschend an. Weißt du nun, worum es geht? Wir sprechen nicht mehr darüber, aber sie denkt an das Testament. Solange ich da bin, kann ich es nicht ändern, ohne daß sie es bemerkt. Dann läßt sie mich sofort für verrückt erklären. Sie fürchtet um das Geld. Sie glaubt, ich lasse mich scheiden, wenn ich aus dem Hause bin. Sie hat kein Wort von damals vergessen. Ha, ha, nun verstehst sogar du die Zusammenhänge! Darum fürchtet sie sich vor deiner Witwe. Jetzt hat sie sie zu sich genommen, um sie vorzubereiten, verstehst du? Aber so klug wie sie bin ich auch. Es soll ihr nichts nützen, mein Lieber. — — Siehst du nun, Polzer! Um Geld geht es, um Geld, nicht um die Marotten eines Kranken. Sie wird diesen Kampf mit allen Mitteln kämpfen, solange, bis ich tot bin und sie das Erbe antritt, das ihr dann keine Macht mehr entreißen kann. Gebe Gott, denkt sie, daß es bald geschieht. Und wenn es nicht eintrifft über kurz oder lang, warum sollte sie da nicht ein wenig nachhelfen? Gewiß hat sie einen Bundesgenossen. Und wer wird sich wundern, wenn ich eines Tages tot bin? Man wundert sich eher über das Gegenteil. — — Aber wo bleiben sie, Polzer? Ich glaube, nun hatten sie Zeit genug! Wo bleibt deine Witwe? Wenn sie so dick ist, dann hängen ihr wohl die Brüste, obzwar sie noch kein Kind gehabt hat, wie? Oh, oh, was habe ich gesagt, welch ein zartes Gefühl habe ich verletzt," sagte Karl Fanta ganz in der Art, wie Frauen zu kleinen Kindern sprechen, „nun errötet mir das Kindchen! Wie alt ist er denn, du, du, du, was hat er denn ...? Geh, geh, Polzer, sieh, wo die Witwe bleibt."

Klara Porges saß in Doras Zimmer. Dora hatte ihr einen bequemen Stuhl ans Fenster gezogen. Frau Porges sah sich um und musterte die Einrichtung. Auf den Tischen lagen Decken aus feinen Spitzen und standen Figuren aus kostbarem Porzellan.

„Wollen Sie nicht die Jacke ablegen," fragte Dora.

Frau Porges fühlte den leisen Geruch von zerstäubtem Parfüm.

„Nein," sagte sie schroff.

Dora, die sich erhoben hatte, Frau Porges beim Ablegen zu helfen, wich zurück. Sie sah Frau Porges fragend an.

„Sie will etwas von mir," dachte Frau Porges.

Sie erkannte in Doras Gesicht Züge von Franz Fanta. Warum war Franz Fanta nicht mitgekommen? Schämte er sich ihrer vor der Mutter?

„Sie haben Mißtrauen gegen mich?" fragte Dora leise.

„Mißtrauen? Ach!" Frau Porges machte eine wegwerfende Handbewegung. „Ich sehe mir die Einrichtung an. Sie sind sehr schön eingerichtet. Diese Decken und das Porzellan. Für so eine Figur hat eine Bekannte unlängst dreihundert Kronen bezahlt. Dabei hatte die Figur einen Fehler. Diese aber sind wohl fehlerlos!“

Dora sah zu Boden und schwieg.

„Sie haben ein schönes Parfüm, Frau Fanta. Ich parfümiere mich nicht. Der Geruch vom Waschen bleibt immer haften. Man kann ihn nicht vertreiben. Es ist doch schön, wenn man reich ist, haha.“

Doras Hemdbesatz ragte aus dem Ausschnitt des Hauskleides vor.

„Zum Beispiel, diese Hemden. Nein, nein! Reißt das nicht in der Wäsche? Sie haben gewiß einen Liebhaber, daß Sie so feine Hemden tragen. Mir können Sie es sagen, Frau Fanta.“

„Ach Gott,“ sagte Dora, „wie können Sie das denken! Wenn Sie wüßten, was ich zu leiden habe, Sie würden nicht so zu mir sprechen, Frau Porges, nein, gewiß nicht.“

Sie stützte den Kopf in die Hände und schluchzte. Frau Porges stand auf und trat auf sie zu.

„Ach Gott, nun fangen Sie am Ende gar an zu weinen, Frau Fanta. Ich habe es wirklich nicht böse gemeint. Der Reichtum ist nicht alles, ich weiß das. Weinen Sie bloß nicht so, Frau Fanta!“

„Ich weiß ja, daß Sie es nicht bös meinen,“ sagte Dora unter Tränen, „ich weiß das, Frau Porges. Ach, wenn Sie wüßten ... niemand, mit dem man sprechen kann, sein Herz ausschütten kann. Nur Polzer. Polzer ist der einzige. Er ist ein guter Mensch, nicht wahr, das ist er?“

„Ja, ja, bloß weinen Sie nicht mehr.“

„Sie lieben Polzer, Frau Porges, nicht wahr? Sagen Sie es mir!“

„Ach,“ sagte Klara Porges.

„Nein, nein, bitte, haben Sie Vertrauen und sagen Sie es mir!“

„Man muß ihn besonders behandeln,“ sagte Klara Porges.

„Er ist der einzige, dem ich alles sagen kann, Frau Porges. Er ist gut zu mir. Wenn Sie wüßten, was ich leide, wie ich gequält werde! Nein, ich werde es Ihnen niemals sagen können. Ich müßte umkommen vor Scham.“

Sie begann wieder zu weinen.

Klara Porges legte ihr die Hand auf die Schulter.

Dora ergriff Klara Porges' Hand.

„Werden Sie mir helfen, Frau Porges? Er hat nach Ihnen verlangt. Sie werden ihm gefallen, Frau Porges!"

„Ihm gefallen?"

„Ja, ja, ich gefalle ihm nicht mehr. Ich tue ja alles, was er verlangt, oh, wenn Sie wüßten, Frau Porges, keine andere würde das tun. Aber er will starke Frauen, sagt er. Ich bin zu zart, sagt er." Sie drückte Klara Porges' Hand. „Werden Sie mir helfen?" fragte sie.

„Man wird ja sehen," sagte Klara Porges.

„Ich danke Ihnen," sagte Dora und beugte sich vor, der Witwe die Hand zu küssen. Klara Porges entzog ihr die Hand rasch. Ihr Gesicht hatte sich rot überzogen.

„Was tun Sie," sagte sie. „Das schickt sich nicht für Sie! Sie sind so aufgeregt, Frau Fanta!"

„Nein, nein, Sie sind gut zu mir. Ich habe es gar nicht gehofft, Frau Porges. Er wird Sie gegen mich benützen wollen. Er will einen Pfleger nehmen, wissen Sie? Das darf nicht sein, Frau Porges. Er würde mich noch mehr quälen, wenn er mich nicht mehr brauchen würde. Er würde erzählen, daß ich ihn nicht mehr verbinden wolle, daß er darum einen Pfleger halten müsse. Er will fort von mir, ganz fort, wissen Sie es schon! Er sagt, er will zu Polzer ziehen. Darum will er Sie kennenlernen. Frau Porges, Sie müssen mir helfen! Ich habe Liebhaber, sagt er, und darum muß er aus dem Haus."

„Und was wollen Sie?"

„Er muß bleiben, Frau Porges, begreifen Sie es nicht? Ich tue ja alles, was er verlangt. Er soll doch bleiben!"

„Sie haben keinen Liebhaber?"

„Wie können Sie das glauben, Frau Porges? Nein, nein!"

„Sie sollten einen haben! Sie sind eine schöne Frau. Wie können Sie es ertragen, Frau Fanta? Sie werden alles anders ansehen, wenn Sie einen Liebhaber haben. Gewiß weiß er im Grunde, daß Sie keinen haben, darum quält er Sie so. Wenn er wüßte, daß Sie einen andern haben, würde er tun, als wüßte er nichts davon. Er ist doch ein Krüppel, kein Mann mehr."

„Sprechen Sie nicht so, Frau Porges, ich bitte Sie," sagte Dora flehend. „Sagen Sie mir, was geschehen soll!"

„Was geschehen soll? Also zuerst der Pfleger! Warum wollen Sie ihn denn nicht?"

„Ich sage Ihnen doch, Frau Porges, daß er mich dann ganz beiseite schieben wird. Er wird mich nicht brauchen und keine Rücksicht mehr nehmen. Und was werden die Leute sagen? Und Franz? Nein, nein, ich schäme mich vor dem Kinde, Frau Porges. Helfen Sie mir, ich bitte Sie, ich flehe Sie an. Es darf nicht geschehen!"

„Ich verstehe Sie nicht," sagte Frau Porges, „ich verstehe diese ganze Aufregung nicht. Sie werden es doch selbst leichter haben, wenn er einen Pfleger hat. Sie sind reich. Warum verbinden Sie ihn selbst? Das ist doch komisch. Wenn ich reich wäre, was sag ich, zwei Pfleger würde ich nehmen. Porges war auch sehr krank. Was hab ich mit ihm mitgemacht! Sie würden es nicht glauben. Wirkliche Sorgen! Ich habe Porges gepflegt, und wenn Sie wüßten, was das heißt, wenn das Geld so knapp ist, ja, das kennen Sie nicht! Wenn ich das Geld gehabt hätte, sehen Sie, ich hätte es mir nicht überlegt." Sie holte tief Atem. „Ich darf gar nicht an Porges denken, ich werde gleich ganz traurig. Er hat es nicht leicht gehabt und ich auch nicht. Er hat mich dagelassen, hilflos, arm, ohne Freunde." Sie führte das Taschentuch an ihre Augen. „Und nun, sehen Sie, was Sie für eine Wohnung haben. Bloß weil der Mann einen Pfleger will, das alles? Mit dem Fortgehen hat es Zeit. Wenn er den Pfleger hat, gibt er sich vielleicht zufrieden. Sie haben doch wirklich keine Sorgen!"

„Was soll ich tun, Frau Porges?"

„Zuerst müssen Sie ihm den Pfleger nehmen. Sie müssen an sich denken. Sie halten es ja nicht aus. Sie werden sehen, alles wird besser sein. Überlegen Sie es sich doch bloß!"

„Sie haben vielleicht recht!“ Dora trocknete ihre Tränen. „Ich will es mir überlegen. Am Ende ist es wirklich nicht so schwierig, wie ich gedacht habe.“

Franz Polzer trat ein.

„Er verlangt nach Ihnen,“ sagte er.

Karl richtete sich im Stuhl auf, soweit er konnte. Er sah prüfend Frau Porges an.

„Nun, Sie wundern sich,“ sagte er, „so haben Sie sich die Sache denn doch nicht vorgestellt, was? Aber nehmen Sie Platz. Nicht zu nahe, denn ich stinke etwas. Dieses Plätzchen bleibt Dorachen reserviert; komm, setze dich an meine Seite, Dorachen, so! Auch die Hand kann ich Ihnen nicht geben, sie ist zu feucht. Ich schwitze sehr in den Handflächen, damit Sie es gleich wissen und vorsichtig sind, haha! Trockne mir die Hand, meine Teure,“ wandte er sich an Dora. „Nun, wissen Sie nun alles? Es hat lange genug gedauert. Dora hat Ihnen doch alles erzählt, wie, Sie auf mich gehörig vorbereitet? Sie ist zu gut, meine Dora, ein Glück, wenn man so eine Frau gefunden hat. Sie bereitet die Gäste vor, damit ihr Gesichtsausdruck mich nicht erschreckt. Du hast doch alles gesagt, meine Gute? Bleibt noch für mich etwas zu erzählen? Am Ende hast du verschwiegen, wie gut du selbst zu mir bist, wie ich dir zu Dank verpflichtet bin, weil du meine Wünsche erfüllst, alle? Wissen Sie, ein Krüppel hat sonderbare Einfälle. Man ist kein Mann mehr, und doch überkommt es einen manchmal. Hat sie es Ihnen erzählt, Frau Porges?“

„Karl,“ sagte Dora.

„Karl, Karl! Was ist denn mit meinem Herzchen?“

„Ihre Frau hat mir nichts erzählt,“ sagte Klara Porges. „Sie hat mir die Einrichtung gezeigt und die Wäsche.“

„Polzer, hörst du, die Wäsche! Wer hätte es gedacht? Aber es ist glaubhaft. Was tun Frauen in solchen Fällen — — wenn man alle Umstände genau erwägt, muß man es einsehen — — sie sehen die Einrichtung und die Wäsche an. Es ist wohl auch manches dreckige Stück unter der Wäsche gewesen, wie? Kein Wunder! Bedenken Sie, diese Krankheit — — ich fühle

meinen Stuhl nicht kommen, man muß erraten, wann es notwendig sein mag, oft errät man es nicht. Nun, ich bin auch einmal anders gewesen. Denken Sie, Frau Porges, das Stück Scheiße, das Sie da vor sich sehen, war einmal ein schöner Mann! Hat sie es Ihnen gesagt beim Wäschezeigen? Nicht dumm, auch gutherzig und fröhlich. Es hatte lauter gute Eigenschaften. *De mortuis nil nisi bene.* Übersetze es, Polzer, übersetze es!"
„Von den Toten soll man nur Gutes reden," sagte Polzer.
„Von den Toten, mit Beziehung auf mich! Ein vortrefflicher Leichenredner, mein Polzer. Und wie taktvoll, Frau Porges, wie taktvoll! Sie dürfen sich glücklich preisen, einen solchen Gefährten gefunden zu haben. Aber auch er hat es getroffen, Dorachen, wie, unser Polzer! Wer hätte es ihm zugetraut? Eine schöne Frau, nicht wahr, mein Herzchen? Was ich dir immer sage: eine volle Figur! Sieh sie dir an, sieh sie dir an!"
„Herr Fanta," sagte Frau Porges, „Sie wollen mich doch nicht beschämen?"
„Habe ich das getan? Nein, nein, ich wollte das nicht, Frau Porges. Ich habe meiner Ansicht Ausdruck gegeben. Aber wozu auch? Sie haben recht. Ich habe von Wichtigerem zu sprechen, Frau Porges, gerade mit Ihnen. Sehen Sie, Dorachen ist so mit meiner Pflege beschäftigt und hat keine Zeit dazu. Und dann fehlt ihr die richtige Erfahrung. Ich wollte Sie darum bitten ... wir haben uns schon miteinander deswegen geeinigt, Dora und ich — — hatte sie Zeit, es Ihnen zu sagen? — — daß ich einen Pfleger bekommen soll. Sie kann dauernd diese schwere Plage nicht auf sich haben. Es fällt ihr schwer, diesem Dienst zu entsagen, den sie aus großer Liebe auf sich genommen hat. Aber sie sieht ein, daß es notwendig ist, und stimmt zu."
Dora wollte etwas sagen, allein Frau Porges kam ihr zuvor. „Ihre Frau sagte es mir, Herr Fanta, und auch sie bat mich, bei diesem Geschäft behilflich zu sein."
Dora sah Frau Porges an und schwieg.
„Nun also," sagte Karl Fanta.
„Nun also," sagte Klara Porges. „Ich habe die Sache schon überlegt. Es muß ein verläßlicher Mann sein. Sie sind schwer,

Herr Fanta, also muß der Mann stark sein. Ich werde es mit Kamilla besprechen. Ja, Kamilla ist eine Freundin von mir. Wir werden einen starken gedrungenen Mann suchen, was man so einen untersetzten Mann nennt, Herr Fanta. Man darf sich nicht täuschen, die Gedrungenen haben mehr Kraft als die Großen. Auf die Länge kommt es nicht an. Es wird so am besten sein."

„Einverstanden," sagte Karl Fanta. „Ich freue mich, daß Sie so darauf eingehen. Nun wirst du bald frei sein, mein Täubchen. Neige dein Gesicht, ich habe Sehnsucht, deine Wangen zu streicheln."

Dora neigte sich zu ihm. Ihr Gesicht war errötet. Polzer wandte sich ab und blickte aus dem Fenster.

„Sehen Sie," sagte Karl Fanta, „meine Hände sind ganz naß, aber Dorachen widert es nicht an. Sehen Sie nur, Frau Porges!"

Frau Porges hatte sich erhoben. Dora begleitete sie an die Tür. Polzer bemerkte, daß Karl ihn mit dem Kopf zu sich winke. Er trat nahe an Karls Stuhl.

„Sie hat auch den Geruch," flüsterte Karl Fanta. „Hast du es bemerkt? Ein merkwürdiger Geruch, ein leiser Geruch nach Schweiß. Sie schwitzt wohl unter den Achseln, Polzer, wie? Sieh nach und sage es mir!" Er lehnte sich zurück. „So habe ich es mir gedacht, Polzer, ganz so!"

11

An dem Tag, an dem der neue Anzug fertig sein sollte, holte der Doktor Polzer ab. Sie gingen in ein Wäschegeschäft, in dem der Doktor drei Hemden, Kragen und eine Krawatte kaufte.

Polzer ließ alles geschehen. Mehrmals versuchte er etwas zu sagen, allein der Doktor schnitt ihm die Rede ab. Endlich fand Polzer Gelegenheit, wenigstens dem Doktor mitzuteilen, daß er diese Zuwendungen keineswegs als Geschenke auffasse. Er hatte darüber nachgedacht.

„Ich werde alles zurückzahlen," sagte er. „Ich hoffe," es wurde ihm schwer, darüber zu sprechen, „daß Sie gegen Teilzahlungen nichts einzuwenden haben. Ich habe die Absicht, an jedem Ersten eine Akontozahlung zu leisten."

„Ach," sagte der Doktor, „nun gehen wir in ein Schuhgeschäft."

Polzer wählte Lackschuhe. Er verglich ihren Glanz mit dem Glanz seiner selbstgeputzten Schuhe und erkannte, wie unvergleichlich schöner das Licht sich in den Lackschuhen brach. Man gab ihm ein Lederläppchen, mit dem er sogleich einige Stäubchen von den neuen Schuhen entfernte.

Sie kauften noch einen Hut. Es war ein schwarzer Filzhut. Dann gingen sie zum Schneider. Hier kleidete sich Polzer um. Als er in den Spiegel sah, errötete er. Der Anzug fiel faltenlos und lag eng um Polzers Körper. Er wandte sich rasch vom Spiegel und wagte nicht, den Doktor und den Schneider anzusehen, um deren Lippen er ein Lächeln fürchtete. Er hatte die lange braune Jacke mit rundgeschnittenen Schößen erkannt. Alle mußten die Verkleidung erkennen. Er hatte nur entfernt daran gedacht, und nun erschreckte ihn die allzu große Ähnlichkeit. Polzer ließ beschämt die Hände sinken, die er über dem

Rücken ineinandergelegt hatte. Er erinnerte sich, daß das die Haltung von Karls Vater gewesen sei.
Polzer wagte nicht aufzusehen. Er murmelte einige Worte des Dankes und eilte nach Hause. Er hoffte, daß dem Doktor nichts aufgefallen sei, da der Doktor Karl Fantas Vater nicht gekannt hatte. Zu Karl durfte er in diesem Anzug nicht. Karl mußte sofort die Verkleidung erkennen und Polzer als Betrüger entlarven.
Klara Porges wollte nicht glauben, daß der Doktor das alles gekauft habe. Polzer mußte es ihr mehrmals bestätigen. Sie bewunderte jedes Stück, war überrascht, daß der Rock mit Seide gefüttert sei, und lobte die gute Leinwand der Hemden.
„Polzer," sagte sie, „du siehst aus wie ein vornehmer Mann."
Polzer sagte, ohne sie anzusehen:
„Es ist ein einfacher Anzug, Frau Porges. Ich werde dem Doktor monatlich eine Akontozahlung leisten."
„Diese Schuhe," sagte Frau Porges. „Man kann sich darin sehen wie in einem Spiegel."
„Für das Lackleder," sagte Polzer, „wird keine Garantie geleistet."
„Man darf sie nur bei gutem Wetter tragen."
„Man muß vorsichtig auftreten, Frau Porges," sagte Polzer, „und achtgeben, daß niemand darauf tritt. Man reinigt sie mit diesem Lederlappen, nachdem man das Leder angehaucht hat."
„Polzer," sagte Frau Porges, „wenn du mich bloß auch ein klein wenig lieb hättest, Polzer!" Sie ergriff seine Hand. „Wir könnten so glücklich sein," sagte sie gerührt.
Polzer erkannte, was kommen werde. Er bückte sich, seine Lackschuhe abzulegen und sie mit einem Tuch zu umhüllen. Sie mußten vor Staub geschützt werden. Er fühlte Frau Porges' Blick auf sich. Sie hatte die Rührung überwunden.
Sie lachte lautlos und trat auf ihn zu. Er kannte die Qualen aus vielen Nächten. Sie drückte ihn zu Boden und ergriff ihn. Warum ließ sie ihn nicht und verzieh ihm nicht? Er wollte ihr von dem Gedanken sagen, dem er ausgeliefert war. Oft

ließ sie ihn los, der am Boden lag, hieß ihn aufstehen und vor ihren Augen es mit den Händen vollenden. Sie lag nackt auf den Polstern, den Mund lachend verzogen. Der Körper war ausgebreitet und das üppige Fleisch füllte frech das Bett. Polzer schloß die Augen. Er hörte ihren befehlenden Zuruf, der die Geschwindigkeit angab, und gehorchte. Manchmal sprang sie auf und umschlang ihn. Sie riß ihn nieder und zwang ihn zu ihrem gequollenen Fleisch. Er fühlte die Feuchtigkeit ihrer Haut und roch ihren Geruch. Es war ein dünner Geruch von Seife. Karl konnte diesen Geruch nicht erkennen. Polzer erkannte ihn. Der Scheitel lag unter seinen Augen. Auch den Scheitel erkannte er.

Es war ein großer und furchtbarer Gedanke in ihm, den er nicht verstehen und nicht überwinden konnte. Er wollte die Witwe bitten, den Scheitel zu lösen, aber er wagte es nicht. Er dachte, es würde alles leichter sein, wenn sie den Scheitel gelöst habe. Dann würde dieser Gedanke nicht sein, dieser sündhafte, gotteslästerliche Gedanke, daß er der Schwester beiwohne, die nie gelebt hatte. Der Heilige sollte von der Wand immer mit ihm ins Zimmer zu Frau Porges, damit er ihn schütze. Aber Frau Porges liebte den Heiligen nicht. Die Juden lieben die Heiligen nicht. Schon Karl graute es, als sie noch Knaben waren, vor dem Kruzifix auf ihrer dunklen Treppe. Frau Porges würde den Heiligen nicht einlassen. Polzer war bei ihr nicht unter des Heiligen Schutz. Er wollte ihm Kerzen weihen, heimlich. Niemand sollte etwas davon erfahren.

Polzer hatte selbst rötliches Haar auf der Brust wie sein Vater, der nach den beweglichen Brüsten der Weiber gegriffen hatte. Polzer hatte das Haar des Vaters unter dem Hemd gesehen. Rote Büschel mit grauen gemengt. Damals, als der Vater von der Witwe kam, der Schwester, der Tante. Auch eine Schwester hat bewegliche Brüste und das offene Fleisch der Frau. Klara Porges war keine Schwester, war eine Fremde. Porges war tot. Was sollte Polzer mit ihrem Fleisch? Polzer wollte ihr weiches Witwenfleisch nicht, das sich feucht anfühlte und mit dunklem Flaum bedeckt war. Warum brachte sie die Qual über ihn?

Warum griff sie nach ihm, und warum verzieh sie ihm nicht? Er verließ ihr Zimmer erst, wenn der Tag kam. Er saß auf einem Stuhl oder auf dem Boden in einer Ecke des Zimmers. Frau Porges schlief. Er hörte ihren lauten Atem. Polzer wußte, daß in der Dunkelheit des Flurs, durch den er gehen mußte, und in seiner Stube das Geheimnis noch undurchdringlicher und gefahrvoller sei und lauere als hier im Schutze von Frau Porges' Gegenwart. Polzer bewegte sich nicht, daß er sie nicht wecke. Sie lag mit offenem Mund und hörte ihn nicht, wenn er morgens leise das Zimmer verließ.

In der Bank erregte Polzers Anzug Aufsehen. Der kleine Wodak sah Polzer sprachlos an. Erst als Polzer sich wie sonst an seinen Platz gesetzt hatte, faßte er sich.

„Herr Polzer," sagte er, „Sie haben einen neuen Anzug!"

Polzer schwieg. Wodak trat auf ihn zu.

„Und Lackschuhe! — — Herr Polzer was ist geschehen?"

Da Polzer nicht antwortete, fur Wodak fort:

„Sind Sie am Ende böse auf mich, Herr Polzer? Wenn ich Sie einmal gekränkt habe, Herr Polzer, es war nicht bös gemeint, glauben Sie es mir! Ich will es auch nicht mehr tun, ich verspreche es Ihnen. Aber sehen Sie mich nicht so schweigend an! Sagen Sie wenigstens, daß Sie mir nicht böse sind!"

„Nein, nein, Herr Wodak," sagte Polzer. „Ich bin Ihnen nicht böse. Sie haben mir nichts getan. Ich weiß, daß Sie ein guter Mensch sind, Herr Wodak!"

„Ich danke Ihnen!" Wodak drückte ihm die Hand. „Es ist ein wundervolles Tuch, Herr Polzer, und ganz auf Seide! Nur der Schnitt ist etwas ungewöhnlich, finden Sie nicht, wie auf alten Bildern!"

Polzer erschrak. Wußte Wodak etwas? Er sah den jungen Mann forschend an.

„Sie haben es gewiß selbst so bestimmt. Das zeigt, daß Sie Geschmack haben. Sie wollen nicht das Neueste. Das beweist große Vornehmheit, wirklich, Herr Polzer. Und es kleidet Sie vortrefflich!"

Polzer hatte zu arbeiten begonnen. Der kleine Wodak sah ihn an. Er setzte mehrmals zu einer Frage an. Dann verließ Wodak das Zimmer. Er eilte mit der Neuigkeit in den großen Buchhaltungssaal. Man umringte ihn. Einige wollten sogleich zu Polzer stürzen, seinen Anzug zu sehen. Herr Fogl hielt sie zurück.
„Das ist taktlos," sagte er, „taktlos in höchstem Maße. Wir werden ihn alle sehen, meine Herren, aber lassen Sie die Gelegenheit kommen. Hat Herr Polzer nichts gesagt, wie er zu dem neuen Anzug gekommen ist? Lackschuhe, sagen Sie, Herr Wodak, neuer Schlips, wie? Alles prima?"
„Alles prima, Herr Fogl. Er muß eine Erbschaft gemacht haben oder einen Treffer. Einen großen Treffer! Wer ihn kennt, kann daran nicht zweifeln. Sehen Sie, meine Herren, ich sitze ihm drei Jahre gegenüber, ich kann darüber sprechen. Der Mann sieht jeden Heller dreimal an, ehe er ihn ausgibt."
„Haben Sie in letzter Zeit eine Veränderung an ihm bemerkt, Herr Wodak?"
„Es ist mir manches aufgefallen. Er schien in ständiger Erregung. Ich glaube auch bestimmt zu wissen, daß er ein Los besaß. Ich erinnere mich, daß ich einmal eine Ziehungsliste auf seinem Tisch gefunden habe."
„Die Sache ist klar," sagte Herr Fogl. „Unser Kollege Herr Polzer hat einen großen Treffer oder eine Erbschaft gemacht. Ich bitte Sie, meine Herren, zwei aus unserer Mitte mit der Aufgabe zu betrauen, unserem Kollegen Polzer die herzlichsten Glückwünsche der Kollegenschaft auszusprechen."
Man wählte Fogl und Wodak, die sich sofort zu Polzer begaben. Fogl stellte sich vor Polzer in ernster Haltung auf.
„Hochverehrter Kollege," sagte er feierlich, „ich erscheine vor Ihnen mit dem Kollegen Wodak als Vertreter der Beamtenschaft aus der Buchhaltung unseres ehrwürdigen Instituts, um Ihnen die Glückwünsche Ihrer engeren Kollegenschaft zu überbringen."
Polzer sah die beiden verständnislos an. Ihre Haltung wie der feierliche Ton der Rede verwirrten ihn. Er fühlte die Blicke der beiden ernst auf sich ruhen und erhob sich zögernd.

Er begriff, daß Fogl ihm Glück wünsche, er verstand die vielen Worte nicht, die aus Fogls Mund kamen, er wußte bloß, daß er widersprechen müsse, sagen, daß dies alles nicht wahr sei, daß es sich ganz anders mit dem Anzug verhalte und daß er arm sei und weder einen Treffer noch eine Erbschaft gemacht habe. Fogl nannte ihn ein Beispiel treuer Pflichterfüllung, er feierte ihn in Ausdrücken, die Polzer hätte abwehren müssen. Nun bebte Fogls Stimme in verhaltener Rührung. Nun schloß er. Er drückte Polzer die Hand. Polzer waren die Tränen in die Augen gedrungen.

„Ich danke Ihnen," sagte er, „ich danke Ihnen. Sie sind sehr gut zu mir, aber ... ich danke Ihnen."

Fogl und Wodak zogen sich rasch zurück. Sie wollten nicht Zeugen von Polzers Rührung sein.

Am nächsten Tage wurde Polzer zum Direktor gerufen. Der Direktor sah Polzer einen Augenblick lang prüfend an, dann lud er ihn ein, Platz zu nehmen.

„Sie sind seit sechzehn Jahren in der Bank," sagte der Direktor und lehnte sich im Stuhl zurück.

„Seit siebzehn Jahren, Herr Direktor," sagte Polzer.

„Ich höre, daß Sie vorzüglich arbeiten, an einer Stelle, an der Sie durch eine weniger wertvolle Kraft ersetzt werden könnten. Man braucht tüchtige Beamte anderswo dringender. Haben Sie einen besonderen Wunsch?"

Polzer schüttelte verneinend den Kopf.

„Nun gut," sagte der Direktor. „Wenn Sie einverstanden sind, übersiedeln Sie vom Ersten in die Warenabteilung. Sie werden Herrn Prokuristen König beigegeben."

Der Direktor erhob sich und reichte Polzer die Hand. An der Tür wollte sich Polzer umwenden und dem Direktor sagen, daß es sein Wunsch sei zu bleiben, daß es schwierig sein würde, einem andern, Ungeübten, seinen Dienst zu übertragen. Er wollte alles erklären, daß sein Anzug ein Geschenk des Doktors sei, daß er keine Erbschaft und keinen Treffer gemacht habe, daß man ihn nicht habe zu Wort kommen lassen und daß daraus der Irrtum entstanden sei. Er wollte alles eingestehen.

Der Direktor unterschrieb schon Briefe, die in einer Mappe vor ihm auf dem Tische lagen, und sah Polzer nicht mehr.
Die Warenabteilung lag ein Stockwerk tiefer. Es waren zehn Tage Zeit zur Übersiedlung. Polzers bemächtigte sich eine große Erregung. Es konnte in zehn Tagen nicht alles fertig sein. Er mußte den neuen Beamten einführen. Der junge Mann erschien bereits am nächsten Tag. Er nahm neben Polzer Platz und sah ihm bei der Arbeit zu. Der alte Schreibtisch, an dem Polzer bisher gearbeitet hatte, mußte oben bleiben. Seine Schübe waren voll von alten Papieren, Briefen, Drucksorten. All das mußte übertragen werden. Das konnte erst am Abend des zehnten Tages geschehen. Bis dahin mußten die Sachen oben bleiben. Dazu kam, daß der Schlüssel zum neuen Schreibtisch nicht zu finden war. Man mußte einen neuen Schlüssel anfertigen lassen und dazu einen Schlosser holen. Das konnte nur Polzer selbst besorgen, wenn es verläßlich geschehen sollte. Er mußte Frau Porges fragen, wo ein Schlosser wohne, und einmal während der Mittagspause ihn aufsuchen. Immerhin war zweifelhaft, ob der Schlüssel in wenigen Tagen fertig sein konnte. Wenn der Schlosser ihn nicht rechtzeitig ablieferte, mußten die Schübe des neuen Schreibtisches Unberufenen offenstehen. Dann war nicht zu verhindern, daß etwas verschwinde, ja, ein Verlust nicht einmal mit Sicherheit zu bemerken. Die Unruhe dieser Ungewißheit mußte schrecklich werden, man war wehrlos, weil man den heimlichen Diebstahl fürchten mußte und auf keine Weise entdecken konnte.
Auf dem Schreibtisch im untern Stockwerk stand ein Telephonapparat. Der neue Dienst verlangte häufige telephonische Gespräche. Man konnte sich verhören und Falsches verstehen, das, was man richtig verstanden hatte, vergessen. Man durfte den Blick vom Apparat nicht abwenden, aus dem jede Sekunde das schrille Läuten tönen konnte, man war in Spannung, immer in furchtsamer Erwartung des Plötzlichen, das jederzeit und von überall her zu einem stürzen und einen aus dem Zusammenhang seiner Tätigkeit reißen konnte. Auch wenn die Not des Körpers es verlangte, durfte man nicht wagen, das Zimmer

zu verlassen. Man mußte bereit sein, es hieß, unvorbereitet Auskunft zu geben, verbindliche Dinge zu sagen, man mußte immer auf Neues gefaßt sein, das die Pläne der Arbeit änderte. Es war keine Ruhe mehr und keine Ordnung. Man mußte sprechen, entscheiden, rasch sein, allem gewachsen sein. Man konnte irren, in der Hast Dinge verwechseln, Akten verlegen, unachtsam sein, Fehler machen, für die man die Verantwortung zu tragen hatte. Man hatte keine Zeit. Die Tagesarbeit konnte nicht zu Ende gebracht werden, das Unerledigte lag in Haufen auf dem Tisch, überall war Unruhe, Leute kamen, brachten Akten, fragten, alles häufte sich, verwirrte sich. Polzer konnte nicht vorwärts, der Wust war zu groß, alles war durcheinander. Der Gedanke an die gefahrvolle Unsicherheit des Bereitseins für tausend unerwartete, unberechenbare Zwischenfälle ließ ihn nicht schlafen. Er fürchtete sich vor der Hast, in der alles geschehen mußte. Alles ringsum sah ihn an und drängte. Man verlangte Schnelligkeit. Was geschah, geschah zu langsam. Man konnte nicht sorgsam sein. Nicht genau sein, nichts nacheinander tun, rechts Akten, links Akten, der Apparat, Leute, eine Wirrnis, man hatte keine Zeit. Das Fräulein kam zum Diktat. Er mußte seine Korrespondenz fließend diktieren. Dazu gehörten Erfahrung und Übung. Polzer hatte sie nicht. Er erkannte angstvoll, daß er mitten in den Sätzen steckenbleiben, nicht weiter wissen, vor dem Fräulein beschämt sein würde. Die Stenotypistinnen würden über ihn lächeln. In kurzem mußte sich herausstellen, daß er unfähig sei, daß man ihn überschätzt habe. Dann blieb nichts, als beschämt mit untergrabener Stellung an den alten Platz zurückzukehren.

Man behandelte Polzer mit großer Höflichkeit. Man grüßte ihn zuerst. Wodak erkundigte sich täglich nach seinem Befinden. Der Prokurist bot ihm eine Zigarre an. Polzer wies darauf hin, daß er nur bei besonderen Gelegenheiten rauche, und lehnte dankend ab. Polzer fühlte sich schuldig. Er wollte sagen, daß er keinen Treffer gemacht habe, daß er die Höflichkeit nicht verdiene. Er erfand eine Erklärung für den neuen Anzug. Er wollte sagen, daß er seit Jahren zu diesem Zweck Kreuzer auf

Kreuzer gelegt habe. Zu gestehen, daß er ihn als Geschenk vom Doktor angenommen habe, hätte ihn allen zum Gespött gemacht. Diese Schande durfte er nicht entdecken. Er mußte sie mit einer Lüge verhüllen und für immer diese Schuld in sich verborgen tragen. Mehrmals versuchte er, das Gespräch darauf zu lenken. Allein die Herren wehrten ab. Sie hielten seine Andeutungen für Ausflüchte und lächelten verständnisvoll. Polzer erkannte, daß sie ihn nicht hören wollten.

Einige Tage, bevor Polzer an seinen neuen Platz übersiedeln sollte, war er mit Frau Porges zu Karl Fanta geladen. Polzer zog den alten Anzug an. Das Empfangszimmer war hell erleuchtet, der Flügel geöffnet. Auch Kamilla war da. Sie hatte indessen mit Klara den Pfleger besorgt und ihn vor wenigen Tagen in Karl Fantas Wohnung gebracht. Karl saß in seinem Rollstuhl in einer Ecke. Hinter ihm stand der Pfleger. Franz Polzer trat auf Karl zu.

„Das ist Herr Sonntag," sagte Karl, „mein neuer Pfleger. Ich bin sehr zufrieden."

Franz Polzer reichte dem Pfleger die Hand.

„Sie können gehen," sagte Karl, „ich brauche Sie jetzt nicht mehr."

Der Pfleger machte eine Verbeugung. An der Tür blieb er mit Kamilla und Frau Porges stehen. Dann ging er.

„Ich kann mit niemandem ohne Zeugen sprechen," sagte Karl. „Er steht immer stumm und unbeweglich hinter mir. Wenn ich ihn etwas frage, antwortet er ja, nein. Ob er heimlich mit Dora im Bunde ist?"

„Er macht einen guten Eindruck," sagte Polzer. „Ein bescheidener Mensch."

„Menschenkenner!" sagte Karl. „Es war höchste Zeit, daß er kam. Mein linker Arm! Ich werde in kurzem operiert werden. Der Arzt hat es schon angedeutet. Das wird wohl das Ende sein... Nein, nein, tue dir keinen Zwang an, sage nichts dawider, Franz, sage nichts dawider!"

Die Frauen traten zu den beiden.

„Sind Sie zufrieden mit Sonntag?" fragte Kamilla. „Er ist ein kräftiger Mann. Das ist sehr wichtig, damit er Sie tragen kann." „Er ist sehr brauchbar," sagte Karl. „Er nimmt mich wie ein Kind, so um den Rumpf. Nun brauche ich Dorachen nicht mehr zu bemühen. Er ist auch geschickt beim Verbandanlegen. Ich danke Ihnen, daß Sie sich bei der Auswahl solche Mühe gegeben haben, meine Damen. Dorachen, hast du den Damen gedankt? Es ist ja alles nur um deinetwillen, mein Kind!"

„Der Mann sieht gut aus," sagte Frau Porges. „Er ist früher Metzger gewesen."

„Haha!" Karl lachte auf. „Metzger! Das wußte ich gar nicht! Das ist ausgezeichnet! Er wird bald zu tun haben, der Fleischhauer. Mein linker Arm kommt unter das Messer. Hat Ihnen Dorachen erzählt? Vielleicht ist das anders als beim Kälberschlachten. Aber man ist von den Kälbern an vieles gewöhnt. Er wird ruhig Blut bewahren. Dorachen wird noch einen Trost an ihm haben, eine Stütze, glauben Sie nicht?"

Es kam noch ein Gast, ein Sänger vom Theater. Er küßte den Frauen die Hand. Frau Porges errötete und wollte die Hand wegziehen.

Der Tenor war schon öfter im Hause gewesen. Er sang, und Frau Dora begleitete ihn.

„Meister!" rief Karl. „Liebling der Frauen! Sie müssen mir erzählen, was Sie in der letzten Woche geleistet haben! Don Juan! Sie sehen gut aus, trotz allem. Ich glaube, Sie haben wieder etwas zugenommen, seit ich Sie zuletzt gesehen habe. Die Liebe macht Sie fett, Meister, wissen Sie das? So ein Sänger findet das Türchen immer offen bei unseren Frauen, haha. Ich weiß es von Dorachen. Sie erzählt mir von Ihren Erfolgen. Ich glaube, die Arme träumt von Ihnen, Meister. Sie sollten Mitleid mit ihr haben. Sie trocknet ganz ein neben mir, sehen Sie selbst, kein Finger Fleisch mehr an ihr."

Der Sänger lächelte verlegen. Er wischte sich mit einem Seidentuch den Schweiß von der Stirn und wandte sich den Frauen zu.

„Sie lädt ihn jede Woche ein,“ sagte Karl. „Sie mästet das Schwein an meinem Tisch. Heute hat sie ihn geladen, damit ich mit deiner Witwe nicht sprechen kann. Er stinkt nach Wässerchen wie ein Friseur. Mir wird ganz übel davon, aber den Frauen gefällt das. Sieh mal, wie sie ihn ansehen, die drei! Sie möchten ihm am liebsten gleich die Hose aufknöpfen. Beobachte ihn genau! Glaubst du, daß er bei Dora im Bett liegt? Beobachte ihn genau!“

„Denke nicht so schlecht von ihr!“

„Dummkopf! Du glaubst wohl auch, daß du deine Klara Porges allein hast. Die sieht nicht so aus, als ob sie mit dir genug hätte, du Heuschrecke. Der Idiot geht scharf ins Zeug bei ihr. Ich glaube, Polzer, morgen ist die Sache perfekt. Es sieht nicht aus, als ob sie nein sagen wollte. Er hat sich wohl auch an den Dünnen überfressen. — — Kommen Sie, Meister,“ rief Karl, „lassen Sie die Frauen! Kommen Sie zu mir und erzählen Sie!“

Der Tenor schob sich einen Stuhl heran.

„Nun?“ fragte Karl. „Lassen Sie sich nicht erst lange bitten. Dick oder mager?“

„Mager,“ sagte der Sänger leise.

„Das kenne ich,“ sagte Karl. Dora wollte mit den Frauen in ein anderes Zimmer gehen. „Bleibe nur, Dorachen. Schäme dich nicht, meine Unschuld! Du sollst doch wenigstens etwas hören, du vergißt sonst alles ganz neben mir, du Arme! — — Nun, wie ging es zu, Meister, sprechen Sie doch!“

Der Tenor flüsterte Karl etwas zu.

„Dorachen, Dorachen,“ rief Karl, „schade, daß du es nicht gehört hast. Dreimal, sagen Sie? Kein Wunder, daß die Frauen hinter Ihnen her sind. Was sagst du dazu, Dorachen? Sie ist mager und schwarz, sagen Sie? Ich sehe sie geradezu vor mir. Ein Händchen voll Brüstchen. Dorachen, am Ende sieht sie aus wie du! Bloß vorsichtig sein, Kinder, vorsichtig sein, damit kein Unglück geschieht, versteht Ihr mich?“

„Was sind das für Gespräche,“ sagte Frau Porges.

Dora blickte hilflos auf Polzer. Polzer wollte etwas sagen. Aber Karl sah ihn böse an.
„Sie müssen es einmal mit einer Fetten versuchen," sagte Karl. „Die Mageren langweilen bald, glauben Sie mir! Man bekommt Lust, sich einmal tüchtige Klumpen um die Ohren zu schlagen. Ist es so, Polzer, oder nicht?"
Der Sänger stand auf.
„Wollen Sie mich begleiten, gnädige Frau?" fragte er.
Dora trat an das Klavier.
Indessen wurde der Tee gebracht.
Der Pfleger hielt Karl Fanta die Tasse. Franz Polzer saß, in einer Hand die Teetasse, in der andern ein Stück Kuchen, dem Sänger gerade gegenüber, der zu singen begonnen hatte. Der breite Brustkorb des Tenors blähte sich weit.
„Wie der das Maul aufreißt," sagte Karl leise zu Polzer. „Wie kann ein Mann singen! Wenn ein Weib singt! Aber ein Mann, pflegt seine Luftröhre, stellt sich hin und reißt den Mund auf. Das ist doch wider die Natur!"
„Ich glaube fast selbst," sagte Polzer, „daß das Singen eine eines Mannes unwürdige Betätigung darstellt."
„Ja, ja, du glaubst es fast selbst, Polzer, dann ist ja auch alles gut."
Polzer schien es, als habe der Sänger ihr Gespräch gehört. Der Sänger sah Polzer an, der den Blick nicht zu heben wagte. Polzer stieg das Blut zu Kopf. Plötzlich fühlte er bestürzt, daß der Blick des Sängers unverwandt auf die roten Hände gerichtet sei, die die Tasse und den Kuchen hielten. Polzer erschrak. Er wollte die schrecklichen Hände rasch verbergen. Da fiel die Tasse zu Boden.
Der Sänger unterbrach das Lied. Alle umringten Polzer. Polzer hatte sich erhoben.
„Was gibt's!" fragte Kamilla. „Was ist mit Ihnen, Herr Polzer?"
„Unvorsichtig ist er," sagte Klara Porges und sah Polzer zornig an. „Verzeihen Sie ihm!"
„Es ist nichts geschehen," sagte Dora. „Herr Polzer, fassen Sie sich!"

Der Wärter hob die Scherben auf.
„Setz dich," sagte Karl leise. „Wenigstens ist das Lied zu Ende."
Polzer setzte sich verwirrt.
Kamilla reichte dem Tenor ein Glas Wasser. Dora läutete dem Mädchen. Frau Porges schickte sich an, dem Pfleger zu helfen. Polzer war schuld an aller Unruhe, in der er hilflos neben Karl saß. Er wußte, daß er etwas sagen müsse.
„Verzeih mir," sagte er zu Karl, „verzeih mir! Meine Hand begann zu zittern." Er durfte nicht aufhören. Niemand sprach.

Er war das Kind, das das Zimmer verunreinigt hatte. Man war böse, weil er schon zu alt dazu war. Er sprach weiter zu Karl: „Ich muß in eine andere Abteilung," sagte er. „Übermorgen. Aber es geht nicht! Die Ordnung soll bleiben ... Alles durch Jahre geführt ... alles in Ordnung. Jeder Strich an seinem Ort. Wer weiß, was wird, wenn es der Neue macht. Ein junger Mann. Alles kann durcheinandergeraten."
Karl hörte ihn nicht. Er sah Frau Porges an, die sich neben dem Wärter gebückt hatte und ein Tuch auf den feuchten Teppich drückte. Karl konnte in ihren Blusenausschnitt sehen. — —

Am nächsten Tage ging Franz Polzer zum Direktor. Er hatte den Schlüssel noch nicht bestellt. Die Lade unten war noch immer unversperrbar. Abends mußte er die Sachen übertragen. Der Direktor blickte fragend auf.

„Ich wollte bitten, Herr Direktor," sagte Polzer und stockte.

„Nun Herr Polzer", fragte der Direktor.

Es ist alles in größter Ordnung, wie ich es übergebe, Herr Direktor," sagte Polzer. „Nirgends ein Strich, ich meine, durch Jahre, Herr Direktor — — Wenn nun der junge Mann an meiner Stelle, Herr Direktor — — ich kann es von unten nicht übersehen — — alles kann durcheinandergeraten."
Er bemerkte, daß er sich verwirrt habe und unterbrach sich. Der Direktor kaute an einer Zigarre und sah ihn schweigend an. Polzer wurde unruhig. Der Direktor konnte die Geduld verlieren. Polzer mußte es schnell sagen.

„Ich muß bleiben," sagte er. „Ich meine, es wäre besser, wenn ich bliebe, wegen der Ordnung, Herr Direktor. Immerhin, seit siebzehn Jahren nirgends ein Strich. Nun kann alles durcheinandergeraten."
Der Direktor antwortete nicht.
„Unten ist die Lade nicht versperrt," sagte Polzer. Warum schwieg der Direktor? Am Ende würde er die Gelegenheit benützen, ihn zu entlassen. Ihn um sein Brot zu bringen. Gewiß war er nicht tüchtig genug. Die andern arbeiteten schneller. Was sollte er tun, wenn der Direktor ihn entließ? Nein, das durfte nicht geschehen.
„Es ist nur wegen der Ordnung," sagte er. „Aber ich will ja alles tun. Ich bin siebzehn Jahre im Institut, Herr Direktor. Ich habe nie einen Tag gefehlt. Nur wegen der Ordnung, dachte ich, Herr Direktor. Es könnte alles durcheinandergeraten."
Der Direktor sah ihn noch immer an.
„Nun?" fragte der Direktor.
„Wenn ich bleiben könnte," sagte Polzer, „ich meine ..."
„Bitte!" sagte der Direktor und wandte sich ab.
Polzer blickte unschlüssig im Zimmer umher, dann ging er an seinen alten Platz.
„Sie sind sich selbst im Wege," sagte der junge Wodak.
Polzer war noch sehr erregt.
„Es ist nicht ausgeschlossen," sagte er, „es ist nicht ausgeschlossen, Herr Wodak."
„Ja, wenn man nicht darauf angewiesen ist!"
Wodak seufzte.
Polzer stand auf. Er trat nahe an Wodak heran.
„Ich bitte Sie, Herr Wodak," sagte er, „sagen Sie das nicht! Sagen Sie das nicht, Herr Wodak!"

12

Als Polzer einige Tage später abends aus der Bank kam, saß Dora mit Frau Porges in seinem Zimmer. Dora weinte.

Man hatte Karl ins Sanatorium geschafft. Er hatte Dora, die bei ihm hatte bleiben wollen, schroff fortgewiesen.

„Er ist kein böser Mensch," sagte Dora schluchzend, „nein, nein, ich kenne ihn. — — Nun werden sie ihm auch den Arm abnehmen! O Gott, was bleibt noch von ihm! Wenn Sie wüßten, Frau Porges, wie schön er war! Wer weiß, ob er es übersteht."

„Man soll die Hoffnung nicht aufgeben," sagte Franz Polzer.

„Er ist so von Kräften," sagte Dora. „Wenn er eine halbe Stunde im Lehnstuhl sitzt, steht ihm der Schweiß auf der Stirn."

„Sonntag sagt, er habe schon ärgere Fälle gehabt und sie haben viele Jahre gelebt," sagte Frau Porges. „Sonntag ist ein guter Wärter. Ein zuverlässiger Mensch. Das ist ein großer Vorteil, Frau Fanta. Wenn Porges einen Wärter gehabt hätte, wäre alles leichter gewesen. Was habe ich gelitten in seinen letzten Wochen, Frau Fanta! Nein, nein, das möchte ich nicht noch einmal erleben!"

Sie führte das Taschentuch an die Augen.

„Morgen soll er operiert werden," sagte weinend Dora Fanta. „Wenn er es bloß überlebt! Glauben Sie mir, er ist ein guter Mensch!"

„Wir wollen die Hoffnung nicht aufgeben," sagte Franz Polzer.

Polzer konnte sich nicht vorstellen, wie Karl ohne den linken Arm aussehen werde. Daß nun von dem dicken Rumpf nur der schlaffe rechte Arm herabhängen sollte, war ihm unfaßbar. Zugleich beschäftigte ihn der Gedanke an den abgenommenen linken Arm Karls. Es schien ihm unbedingt notwendig zu erfahren, was damit geschehen werde. Sonntag mußte es wissen.

Ihm würde der Arm in der Hand bleiben, wenn der Arzt ihn vom Rumpf getrennt haben würde. Es beunruhigte Polzer, daß Sonntag den Arm wegwerfen könnte, wie die Metzger die stinkenden Eingeweide der geschlagenen Rinder in eine Grube werfen.
„Was wird Sonntag mit dem abgenommenen Arm tun?“ fragte er.
Da schluchzte Dora laut auf.
„Oh Gott, Herr Polzer!“ sagte sie.
Polzer war bestürzt. Dora wollte sich nicht beruhigen. Er sah ein, daß er eine unpassende Frage gestellt habe.
„Was sprichst du, Polzer,“ sagte Frau Porges. „Weinen Sie nicht, Frau Fanta! Ich werde Tee bringen. Tee beruhigt, glauben Sie mir!“
„Nein, nein,“ sagte Dora. „Ich muß gehen. Franz wartet zu Hause. Nein, nein, keinen Tee! Es ist so entsetzlich,“ sie barg ihr Gesicht in den Händen, „so unerträglich, oh Gott, was wird Sonntag mit dem Arm tun? Wohin wird er ihn werfen, nein, nein!...“ Sie weinte laut und haltlos.
Frau Porges versuchte sie aufzurichten.
„Was sind das für Einfälle,“ sagte sie. „Wer wird daran denken? Der Arm ist bedeckt mit Geschwüren, Frau Fanta. Was sollte Sonntag mit ihm tun? Wir werden ihn fragen, Frau Fanta, morgen, was er mit dem Arm getan hat.“
Dora erhob sich. Sie ordnete ihr Haar. Sie nickte Polzer und Frau Porges stumm zu und ging.
Am Abend des nächsten Tages eilte Polzer aus der Bank geradewegs in das Sanatorium. Auf dem Flur standen Frau Porges und Dora. Es roch nach Medikamenten. Polzer reichte den Frauen wortlos die Hand.
Dora weinte nicht. Ihre Augen waren glanzlos, die Lider gerötet. Das Gesicht war starr und bleich. Sie stand unbeweglich. Wärter und Wärterinnen gingen in Filzschuhen geräuschlos vorüber. Frau Porges las die Aufschriften an den Türen ringsum. Endlich kam Sonntag. Er hatte eine weiße Schürze umgebunden.

Dora ließ ihn herankommen. Sie bewegte sich nicht.
„Der Patient befindet sich verhältnismäßig wohl," sagte Sonntag.
Frau Porges fragte, ob sie mit Dora zu Herrn Fanta dürfe.
„Der Arzt hat Besuche für die ersten Tage verboten," sagte der Pfleger.
Dora öffnete den Mund. Sie sprach stockend, als ob das Sprechen ihr Schmerz bereite, laut und mit schwerer Zunge.
„Was ist mit dem Arm geschehen?"
Der Pfleger sah sie an.
„Gliedmaßen werden im Hof vergraben," sagte er.
Dora sank zu Boden. Der Wärter hob sie und trug sie in ein leeres Krankenzimmer. Er legte sie auf ein Bett und öffnete ihre Bluse. Frau Porges hatte Wasser gebracht. Der Pfleger feuchtete Dora die Stirn. Dann schob er das Hemd zurück und näßte ihre linke Brust. Er hatte kurze, dicke Finger. Polzer verließ das Zimmer und schloß leise die Tür hinter sich.
Die ganze Zeit über, die er im Sanatorium verbrachte, weigerte sich Karl, Besuch zu empfangen. Frau Porges, Dora, Kamilla und Polzer kamen täglich. Immer erschien der Pfleger Sonntag, verneigte sich und sagte, er bedauere sehr, die Herrschaften nicht weiterführen zu dürfen. Das Befinden des Patienten sei zufriedenstellend, doch wolle Herr Fanta niemanden sehen. Frau Porges und Kamilla baten den Pfleger, Grüße zu bestellen. Dora sprach nichts. Sie stand halb abgewendet, ihr Blick suchte unruhig am Boden, die Wangen bedeckten sich mit Röte. Polzer glaubte, daß sie die Abweisung durch Karl schwer trage und sich beschämt fühle. Er wollte ihr sagen, daß Karl gewiß seine Einarmigkeit noch zu grauenvoll empfinde, als daß er sie andere sehen lassen wolle. Ihm selbst war die Vorstellung des aufgequollenen Rumpfes mit dem einsam hervorragenden dürren erstarrten Arm noch immer unfaßbar. Erst jetzt wurde ihm die Verstümmelung Karls ganz bewußt und gerade dadurch, daß nur dieses eine vertrocknete Ende allein aus der fetten Masse ragte.
Auf dem Heimweg ging er neben Dora. Dora war unruhig.

„Ich muß mit Ihnen sprechen, Polzer,“ sagte sie. „Nein, ich schäme mich nicht. Glauben Sie mir, ich ertrage es nicht mehr. Dieser Mensch ist so widerwärtig. Wie rund sein kahlgeschorener Schädel ist! Haben Sie seine winzige Nase und seine kleinen Augen gesehen? Er blickt mich fortwährend an, Polzer. Ich kann diesen niederträchtigen Blick nicht ertragen. Er sieht mir nicht ins Gesicht, immer hierher, auf die Brust. Ich fürchte mich. Ich ertrage das nicht mehr!“

„Der Wärter?“ fragte Polzer.

„Er tut, als ob er sehr gut mit mir bekannt sei. Seit damals, als er in meiner Ohnmacht ... Oh Gott, das war doch nicht nötig, damals, die Bluse zu öffnen und das Hemd ... Wozu hat er das getan? Wie konnten Sie es zulassen, Herr Polzer!“

Polzer schwieg.

„Er sieht mir immerfort hierher. Als sähe er unter das Kleid. Verbieten Sie es ihm! Als ich erwachte, lächelte Frau Porges. Sonntag schob mir noch das Hemd über die Brust. Ich fühle noch seine Finger an meiner Haut. Ich wagte vor Schreck nicht, mich zu bewegen.“

Sie machte eine Pause und sah Polzer an.

„Oh Gott, wie spreche ich mit Ihnen, Herr Polzer! Aber ich muß es jemandem sagen. Sie müssen Karl sagen, daß der Pfleger fort muß. Mag ein anderer kommen! Er blickt immer nach meiner Brust, ich ertrage das nicht mehr. Warum haben Sie es damals zugelassen? Karl muß es verstehen. Sagen Sie ihm alles! Ich ertrage es nicht, daß dieser Mensch mich gesehen hat und mit seinen Fingern ... er hat nicht bloß das Notwendigste getan, ja, ja, mit seinen Fingern gespielt, sagen Sie es ihm nur so!“

Polzer sagte es Karl am zweitnächsten Tag. Der Pfleger kam und bestellte, daß Karl Polzer zu sprechen wünsche.

Karl hatte die Decke bis an das Kinn gezogen. Die Decke wölbte sich vom Hals an über den Rumpf. Dann fiel sie leer aufs Bett. Polzer wandte das Gesicht ab. Er hatte Karl noch nicht im Bett gesehen. Ihm graute vor der plötzlichen Sichtbar-

keit des abgehackten Endes dieses verstümmelten Körpers unter der leer gewordenen Decke.
Karls Gesicht war bleich. Aber die Augen blickten lebhaft durch die Brillengläser.
„Gewöhne dich zuerst an den Anblick!“ sagte er.
Der Pfleger, in weißer Jacke und weißer Schürze, wollte sich entfernen.
„Sie können bleiben, Herr Sonntag,“ sagte Karl. „Vor ihnen kann ich kein Geheimnis haben.“
„Ich weiß nicht, ob Herrn Polzer meine Gegenwart erwünscht ist.“
Der Pfleger sprach langsam und eintönig. Polzer erwiderte nicht. Der Pfleger verneigte sich und ging.
„Er gefällt dir wohl nicht, mein Sonntag,“ sagte Karl. „Es sollte nicht mit rechten Dingen zugehen, wenn diese Abneigung nicht auf Dora zurückginge. Hetzt sie gegen ihn, dieser Engel? Ja, ja, ich glaube schon, daß sie nicht mit ihm zufrieden ist. Nun ist sie ausgeschaltet, siehst du, ich brauche sie nicht mehr! Wie lange habe ich sie nicht gesehen? Was kann inzwischen alles geschehen sein! Ich zweifle nicht, daß sie ehestens beginnen wird, gegen den armen Sonntag zu hetzen. Aus Liebe zu mir natürlich. Weil er nicht der Richtige ist. Dich hat sie natürlich schon gewonnen.“
„Darüber wollte ich mit dir sprechen,“ sagte Polzer.
„Worüber?“
„Über den Pfleger.“
„Über den Pfleger? Was denn über den Pfleger? Fängt der Tanz an?“
„Karl,“ sagte Polzer, „du mußt den Pfleger entlassen. Einen neuen Pfleger nehmen.“
„Warum denn?“ fragte Karl. „Gefällt dir seine Nase nicht? Seine kurze rundliche Figur? Er ist ein Prachtmensch, sage ich dir. Bescheiden, spricht bloß, wenn er gefragt ist, und dann mit einem gewissen edlen Anstand. Ha, ha, man würde nicht glauben, daß er Metzger gewesen ist. Ich lasse mir oft von diesem Beruf erzählen. Er erzählt ruhig und sachlich, wie ein

Kalb abgestochen und zerlegt wird. Was hast du gegen ihn? Er ist fromm und geht oft in die Kirche. Das sollte ihn dir angenehm machen, Polzer. Oder hat Dora keinen Spaß an ihm?"
„Dora bittet dich darum."
„Also doch. Wußt ich's doch, Polzer, wußt ich's doch. Sie dachte nicht, daß sie so überflüssig werden könne, so ausgeschaltet. Ich brauche sie nicht mehr. Nein, nein, Polzer, nun gerade! Hat sie dich beauftragt, es mir zu sagen, ja oder nein? Sie wird kein Glück haben, die Süße, bestell es ihr, Polzer, bestell es ihr!"
„Das ist es nicht, Karl," sagte Polzer.
„Was ist es? Was hat sie dir für eine Lektion aufgegeben? Sag sie auf, mein Junge."
Polzer sah zu Boden.
„Als du operiert wurdest, an dem Tag, fiel Dora in Ohnmacht. Der Pfleger ..."
„Nun, nun, was stockst Du? Sonntag hat es mir erzählt. Er trug sie in ein Zimmer, legte sie hin, öffnete ihre Bluse, entfernte das Hemd und netzte sie mit Wasser. Ich sagte zu ihm: ‚Da haben Sie die Brust meiner Frau gesehen, Herr Sonntag. Nun, wie gefällt sie Ihnen?' Was, glaubst du, erwiderte er mir? Das errätst du nicht! ‚Ich weiß', sagte er, ‚daß mir ein Urteil über die Brust der gnädigen Frau nicht zustehen kann.' Ha, ha, ha! Was sagst du nun? Kann ich diesen Menschen entlassen?"
„Er netzte sie nicht bloß. Seine Finger spielten ..."
„Mit ihren Brüstchen? Diese Finger, diese kurzen, roten Finger! Polzer, ich sage dir, dieser Mann gefällt mir. Sieht er nicht aus wie ein Wildschwein? Eine Mischung von Heiligem und Wildschwein? Dorachen ist gewiß glücklich gewesen, daß sie Anklang findet. Was will sie? Nun könnte sie alles im Hause haben!"
„Er sieht sie nun merkwürdig an. Sie sagt, sie ertrage diesen Blick nicht."
„Sie gefällt ihm. Jeder hat seinen Geschmack. Mir gefällt deine Witwe Porges. Was will Dorachen? Darf es bloß ein Tenor sein? Sag ihr, daß sie nichts versteht. Sie soll sich Sonntag

genauer ansehen, sag ihr. Was ist das für ein Mann, ihr Tenor! Ich glaube, er fürchtet bei jedem Furz, sich im Luftzug zu erkälten. Wie ist sie doch zart besaitet! Sie erträgt ihn nicht, gerade Sonntag nicht, und hat doch gewiß Übung im Ertragen! Nein, nein, sag es ihr, Polzer, sag es ihr, daß Sonntag bleibt. Sie kann ihm ja aus dem Wege gehen, wenn er ihr nicht gefällt. Sie muß nicht zu mir kommen, wirklich nicht, ich verlange nicht danach und habe nie danach verlangt."

„Wenn sie mit ihm unter einem Dache wohnt, Karl?"

„Das, Polzer, das wird sie eben nicht. Darum wollte ich mit dir sprechen. Oder dachtest du, daß ich Sehnsucht nach dir hatte? Gewiß, du bist ein Mann, der gewandt zu unterhalten vermag. Aber ich habe jetzt kein Bedürfnis nach weltmännischer Unterhaltung. Sie wird mit ihm nicht unter einem Dache wohnen. Ich gehe von hier nicht nach Hause, sondern zu dir. Sprich mit deiner Klara darüber! Und Dora sage, daß ich auf der Straße zu schreien beginne, wenn man mich in ihre Wohnung schaffen will. Die Leute werden meine Partei ergreifen, wenn sie meine Stümpfe sehen. Ich werde schreien, daß man mich quält und mich umbringen will, wie man darüber auch nur zu sprechen beginnt. Merk es dir, Polzer, und sage es ihr!"

„Willst du es ihr antun?"

„Ich will es ihr antun!" Er ahmte wieder Polzers Stimme nach. „Und mehr, mehr! Hat sie mir nichts angetan, wie, die Heilige? Soll ich dir wieder erzählen? Die Wunde heilt gut, bestelle es ihr, es wird sie freuen. Sie zittert um mein geliebtes Leben, ich weiß es. Aber ich sterbe noch nicht. Ich liege da wie ein Faß mit Jauche und stinke. Aber ich sterbe noch nicht. Ich tue ihr noch manches an, bis zum nächsten Arm, sag es ihr! Das hat wieder ein Weilchen Zeit. Sie muß Geduld lernen, die Gute! — —"

Frau Porges machte das Zimmer, in dem die weiß überzogenen Möbel standen, für Karl und den Wärter zurecht. Als Polzer sie fragte, ob sie gegen die Aufnahme Karls in die Wohnung nichts einzuwenden habe, erwiderte sie:

„Man muß mit allem rechnen, was sich bietet, in diesen Zeiten."

Polzer legte sich in diesen Nächten die Worte zurecht, mit denen er Dora den Entschluß Karls mitteilen wollte. Er traf Dora täglich gegen Abend im Sanatorium. Er verschob die Mitteilung, die Dora fassungslos machen mußte, von Tag zu Tag. Er selbst fürchtete von der Übersiedlung Karls die großen Veränderungen, die sie mit sich bringen würde. Die Anwesenheit Karls, der immer sprach, immer Wünsche hatte, mußte die hergebrachte Ordnung in Frau Porges' Wohnung umstürzen. Dazu kam, daß Karl nicht allein einzog. Mit ihm kam der Pfleger. Der Pfleger war ein Fremder. Niemand kannte ihn. Vielleicht würde er, wenn Polzer in der Bank war, durch die Zimmer gehen und die Gelegenheit benützen, sich zu bereichern. Polzer begann nachts ein genaues Inventar aller seiner Sachen aufzunehmen. Er vermerkte alles, was er besaß, auf einem Bogen, um gesichert zu sein. Seine Unruhe wurde vergrößert durch die Ungewißheit, wie Dora das Ereignis tragen würde. Es war nicht ausgeschlossen, daß es in der Wohnung zu großen Auseinandersetzungen zwischen Dora, Karl und Frau Porges kommen würde, Dora, in ihrer Erregung, war zu Dingen fähig, an die Polzer nur mit Entsetzen denken konnte. Er wußte sich keinen Rat. Frau Porges schien den Ernst der Situation nicht zu verstehen. Als er sie fragte, wie sie über die Entwicklung der Dinge denke, sagte sie achselzuckend:
„Man wird ja sehen."
Polzer wollte ihr erklären, daß es zu spät zu Entschlüssen sei, wenn man erst sehe. Er unterließ es, weil Frau Porges auf seine Andeutungen nicht eingehen wollte. Er hatte das Gefühl von Gefahren, die man nicht fassen konnte und auch nicht mehr verhindern.
Franz Polzer fuhr im Bette hoch. Ihm war, als habe er aus dem unbewohnten Nebenzimmer grauenhaft stöhnen gehört. Er schlief kaum, und auch am Tage war er von unruhiger Erregung erfüllt. Er hätte gern den Doktor getroffen. Doch der Doktor schien ihn zu meiden. Seit dem Tage, da sie gemeinsam die Einkäufe besorgt hatten, hatte er den Doktor nicht mehr gesehen.

Polzer hoffte, daß ein Zusammentreffen mit dem Doktor ihn beruhigen würde. Der Doktor hatte Leiden über ihn gebracht, neben denen die Befürchtungen wegen Karls Übersiedlung verblaßten. Der Doktor konnte ihm vielleicht helfen. Vielleicht, wenn Polzer ihm alles zurückgab, den Anzug, die Wäsche, den Hut, die Krawatten, die Schuhe, würde alles besser werden. Polzer betrat nur angstvoll morgens sein Zimmer in der Bank. Wenn ein Lächeln auf Wodaks Gesicht war, durchfuhr Franz Polzer der Schreck, daß er entlarvt, daß seine Lüge durchschaut sei. Bei jedem Geräusch, bei jedem Schritt, der sich auf den Gängen näherte, stockte seine Feder. Man konnte hereinstürzen, auf ihn zu, ihm ins Gesicht schleudern, daß er ein Lügner sei, ein Bettler, der geschenkte Kleider trage und sich für einen reichen Mann ausgebe, ihn von seinem Stuhl reißen, verhöhnen und verlachen. Herr Fogl konnte diese Schmach nicht auf sich sitzen lassen. Er hatte die Rede gehalten, von der man tagelang in allen Abteilungen gesprochen hatte. Vielleicht würde Herr Fogl ihn schlagen. Franz Polzer wußte, daß er es tragen müsse, weil er der Schuldige sei. Er würde seinen Hut nehmen und durch ein Spalier von Lachenden den Ausgang suchen. Sie würden hinter ihm herrufen über die Treppe und sich aus dem Fenster beugen, um ihn noch auf die Straße zu verfolgen.
Franz Polzer sah Wodak an, der lächelnd seinen Blick erwiderte. Er dachte daran, aufzuspringen, dem siebzehnjährigen Wodak zu Füßen zu fallen, ihn um Gnade zu bitten. Er wollte ihm sagen, daß er nicht geerbt habe, daß er ärmer sei als alle in der Bank. Daß er kein Heim habe, in dem er Ruhe finde, Atem, daß er auch dort zu leiden habe, jetzt, gerade jetzt, wo sich so vieles vorbereite; daß er sein Vater sein könne, Wodaks Vater, und doch vor ihm zu Boden gefallen sei — — er sage dies nicht aus Stolz, denn gerne sei er zu Boden gefallen. — — Man möge ihm verzeihen! Sie sollten ihn nicht quälen, sie sollten ablassen, ihn zu ängstigen, sie wüßten es doch schon, sie wüßten es, daß er ein Bettler sei, warum spielten sie noch mit ihm? Auf welchen Augenblick warteten sie? Er sehe ja, wie sie lächelten, auch er, oh Wodak, sein grausamer Sohn,

er lächelte, warum wartete er? Wenn er es verlange, er, Wodak, Polzer würde fortgehen und nicht mehr in die Bank zurückkehren, so schwer es sei, in diesen Jahren Brot zu finden, er würde gehen, wenn er es verlange, der siebzehnjährige, daß Wodak seine Reue sehe, trotzdem er selbst wisse, daß er unfähig sei, anderes als die Arbeit zu tun, die er in diesen siebzehn Jahren täglich getan habe, ohne einen Tag zu verlieren. In diesen siebzehn Jahren, in denen Wodak gewachsen sei, die Schule besucht habe, gespielt, gelacht, mit Knaben sich geprügelt habe, Mädchen abends in den Parks nachgestellt habe, immer dieselbe Arbeit! Er wollte es tun, es auf sich nehmen, wenn sie ihm verziehen und die Qual beendeten ...

Franz Polzer hörte Lachen aus dem Nebenzimmer. Er atmete nicht. Seine Hand lag schwer auf dem Papier. — —

Dora erfuhr von Karls Plan zwei Tage, bevor er aus dem Sanatorium entlassen wurde. Sie saß abends in Franz Polzers Zimmer, als der Pfleger kam. Er trug einen schweren Korb.

Dora sah Frau Porges an.

„Ja, ja," sagte Frau Porges. „Ich habe Herrn Fanta das dritte Zimmer zurecht gemacht."

„Frau Porges," sagte Polzer, „Sie können es rückgängig machen. Sagen Sie, daß der Raum zu eng ist, daß Sie die Mühe nicht auf sich ..."

„Man muß nehmen, was sich bietet," sagte Frau Porges scharf.

Dora hatte sich erhoben. Der Pfleger stand an der Tür. Als Polzers Blick auf ihn fiel, sagte er:

„Es ist gut, Kranken ihren Willen zu erfüllen."

Er sah Polzer an, als antworte er ihm auf eine Frage. Polzer fühlte einen Widerwillen gegen diese ölige Stimme und die eintönige Art, wie der Pfleger sprach. Dora war an die Tür geeilt. Das Blut war aus ihrem Gesicht gewichen.

„Ich werde mit Ihnen gehen," sagte Polzer.

Dora schüttelte ablehnend den Kopf.

„Für mich ist es ein geringer Umweg," hörte Polzer Sonntags Stimme sagen, „und es ist nicht geraten, einen Menschen in solcher Erregung allein zu lassen."

Er folgte Dora, die schon die Treppe hinabging.

Am folgenden Sonntag, vormittags, trug man Karl aus seinem Zimmer. An der Treppe standen Polzer, Dora, Frau Porges und Franz Fanta. Karl wurde von zwei Männern getragen. Der Pfleger folgte mit einem Koffer. Dora hatte Karl, seit er ins Sanatorium gebracht worden war, nicht mehr gesehen.

Karl, dicht in Decken gehüllt, wandte sich ihr zu:

„Du wirst mich doch besuchen, mein Täubchen, manchmal, wie? Siehst du, nun hast du die Wohnung für dich allein.“

Dora schluchzte auf.

„Nun, seht sie an,“ sagte Karl, „nun fängt sie an zu weinen! Tu ich's denn nicht dir zuliebe? Glaube mir, nur darum, dich nicht zu stören, Dorachen! Du bist jung und schön, trotz allem noch schön, gewiß! Du solltest dir keine Schranken auferlegen, mein Herzchen.“

„Karl,“ sagte Polzer und wies auf Franz. Dora drückte Franzens Kopf an sich.

„Nun ja, nun ja, Polzer, du bist ein sehr ein feinfühliger Mensch.“

13

Es begann einzutreffen, was Franz Polzers Unruhe gefürchtet hatte. Die Tür war geöffnet. Die einmal gestörte Ordnung mußte immer neue Gesetzlosigkeit nach sich ziehen. Die Lücke war da, durch die das Unvorhergesehene einbrach und Furcht verbreitete.

Nun lag der Verstümmelte im Zimmer mit den weißgekleideten Möbeln. Man hörte ihn nachts stöhnen. Seine Wunden schmerzten. Der Eiter fraß tiefer in sein Fleisch, und schwere Träume quälten ihn. Polzer horchte. Der Tod war im Haus und wartete.

Der Pfleger schlich auf Filzschuhen durch die Zimmer. Man hörte seinen Schritt nicht. Man erschrak, wenn er plötzlich im Zimmer hinter einem stand.

Der Pfleger trug eine weiße Jacke und eine weiße Schürze. Die Schürze war unter der Jacke um den Leib gebunden. Sie war nicht neu. Sie hatte vorne einen tellergroßen, rostbraunen Fleck, der Polzers Blick anzog. Polzer wußte, daß dieser Fleck ein Blutfleck sei, den das Alter gebleicht hatte.

Schon nach wenigen Tagen trat eine neue Änderung ein. Franz Polzer setzte ihr keinen Widerstand entgegen, nun da die Ordnung einmal durchbrochen war. Es war keine Hilfe mehr und kein Halten.

Er saß abends bei Karl. Karl war in einen Stuhl gesetzt, wie Kinder ihn haben, die noch nicht gehen können. Dieser Stuhl war für ihn angefertigt worden. Er war vorne durch ein Brett geschlossen, daß Karl das Übergewicht nicht verliere und nicht falle. Zudem war Karls Rumpf mit einem Riemen an die Lehne gefesselt. Der Stumpf der linken Hand war verbunden. Ein starker Geruch strömte aus dem Verband. Der rechte Arm ragte einsam aus dem Rumpf.

Sonntag war fortgeschickt worden. Polzer war allein mit Karl. Karl horchte ins Nebenzimmer. Man hörte kein Geräusch. Frau Porges saß in der Küche.
„Polzer," sagte Karl. Er sprach hastig und leise. „Er muß aus diesem Zimmer hinaus. Tu, was du willst, aber er muß in deinem Zimmer schlafen. Hier darf er nicht mehr schlafen, Polzer. Er soll mit dir schlafen, oder geh du zu Frau Porges, aber hier darf er nicht bleiben, Polzer, ich habe Angst vor ihm!"
Polzer war überrascht. Karl schien doch Sonntag ins Herz geschlossen zu haben.
„Du warst doch so zufrieden mit Sonntag, Karl, was ist denn geschehen?"
Karl war erregt. „Er ist mit Dora im Bunde. Hast du es nicht gesehen? Ach, wenn du doch Augen hättest, Polzer! Nein, nun hat sie das zarte Schamgefühl überwunden, die Keusche, nun fürchtet sie seinen Blick nicht mehr. Ich sehe es schon seit einigen Tagen, Polzer, sie blicken einander an, ich träume nicht. Ich bin wehrlos, aber ich sehe den leisesten Blick. Ich darf kein Auge schließen, Polzer. Er ist der Mann dazu! Wer wird sich wundern, wenn ich morgen tot bin? Du vielleicht, du edle Einfalt du? Ein Handtuch über den Kopf, ich kann nicht einmal schreien, und es ist um mich geschehen!"
„Du tust ihr Unrecht, Karl."
„Ich muß vorsichtig sein, Polzer, ich muß auf der Hut sein. Ich bin wehrlos. Vielleicht, wenn ich einschlafe ... Sie stecken unter einer Decke, Dora mit ihm, Polzer, er ist Metzger, er ist der Mann dazu. Allein wagt sie es nicht, nein, nein. Sie fürchtet sich davor. Ich würde schreien, sie würde die Kraft nicht haben, die Muskeln würden versagen. Aber er tut's, Polzer. Das viele Geld wird sie haben, und er wird einen Haufen bekommen. Sie teilen es schon im Bett. Hast du den roten Fleck auf der Schürze gesehen? Weißt du, was es ist, Polzer?"
Polzer schwieg.
„Blut, Polzer, altes Blut! Ich habe ihn gefragt. ‚Es ist eine alte Schürze,' sagte er, ‚das ist noch Kälberblut.' "
Polzer wich zurück.

„Kälberblut?" sagte er. Er hatte nicht gedacht, daß es Kälberblut sein könne.
„Ich will kein Kalb sein, Polzer!" Karl lachte schreiend und wankte auf seinem Sitz. „Tu, was du willst! Du kannst mit ihm schlafen. Dir wird er nichts tun. Was hat er an dir? Nimm dir ein Messer ins Bett! Wenn er kommt, stich zu!"
„Nein, nein!" rief Polzer flehend.
„Du fürchtest dich? Dann geh zu Frau Porges. Schlaf mit ihr! Noch heute muß er hinaus. Das Zimmer muß versperrt werden. Wenn er den Schlüssel umdreht, erwache ich und kann schreien. Sie soll nicht zu früh frohlocken! Ich bin klüger als sie. Sag es Frau Porges, daß du dein Bett in ihr Zimmer bringst."
Franz Polzer nickte. Er begriff, daß nun alles unaufhaltsam im Gleiten sei. Nun mußte er mit der Witwe in einem Zimmer wohnen, immer ihren Geruch riechen, immer ihr fettes Fleisch sehen, abends, wenn sie sich auszog, das Mieder ablegte und das Hemd an ihrem Leib herabfiel.
Als der Pfleger kam, sagte Karl:
„Herr Sonntag, ich finde, daß Sie ein eigenes Zimmer haben müssen, ein Zimmer, in dem Sie zu Hause sind." Er lächelte. „Ich will, daß Sie sich wohlfühlen. Herr Polzer wird nun sein Zimmer an Sie abtreten. Sie können noch heute übersiedeln."
„Ich danke Ihnen für Ihre Güte, Herr Fanta," sagte Sonntag und verneigte sich, „und auch Ihnen, Herr Polzer, daß Sie sich meinetwegen so einzuschränken bereit sind. Aber ich bin nicht zu meiner Bequemlichkeit hier. Ich bleibe gern in diesem Zimmer."
„Das glaube ich," sagte Karl. „Ihre Bescheidenheit ehrt Sie, mein lieber Herr Sonntag. Aber es ist mein Wunsch, daß Sie alles haben, was ich Ihnen bieten kann."
Der Pfleger verneigte sich schweigend.
Als Polzer das Heiligenbild an der Wand über seinem Bett in Frau Porges' Zimmer anbrachte, sagte Frau Porges:
„Was soll das Bild hier?"
Polzer sah sie erstaunt an.

„Ich will das Bild nicht in meinem Zimmer!“
„Dieses Bild?“ fragte Polzer bestürzt. „Was haben Sie gegen das Bild?“
„Es ist ein häßliches Bild. Ich will keine Bilder von Heiligen da. Nein, ich fürchte mich davor.“
„Fürchten? Vor diesem Bild? Es ist ein einfaches altes Bild, Frau Porges!“
„Häng es ab, Polzer!“ sagte sie. „Ich will das Bild nicht. Es ist so häßlich, das Bild. Ich bekomme Angst, wenn ich es sehe. Ich weiß nicht, was Ihr mit diesen Bildern habt.“

Polzer schüttelte verwundert den Kopf. Was hatten sie alle gegen sein Bild? Warum fürchteten die Juden sich davor? Warum haßten sie es? Hatte das Bild ihnen etwas getan? Oh, es war vielleicht nicht gut, unter Menschen zu sein, die die Bilder der Heiligen haßten und fürchteten. Auch Karl haßte sie. Ihm mußte er alles verzeihen. Er hatte Wohltaten von ihm und seinem Vater empfangen.

Polzer antwortete Frau Porges nicht. Vielleicht würde sie sich daran gewöhnen und morgen das Bild nicht mehr sehen.

Tags darauf, als Polzer abends aus der Bank kam, sah er, daß das Bild fort war.
„Wo ist das Bild, Frau Porges?“ fragte er.
„Fort,“ sagte sie.
„Das Bild? Nein, nein, Frau Porges.“
„Fort. Ich habe es verbrannt. Ich wollte es nicht mehr sehen.“
„Mein Bild? Ich habe es immer gehabt, Frau Porges.“

Seine Stimme zitterte. Er konnte es nicht glauben, daß er das Bild nun nicht mehr haben würde.

„Nun hast du es nicht mehr,“ sagte sie. „Weine doch darum! Wenn du mich lieb hättest, hättest du es selbst getan.“

Franz Polzer sagte nichts mehr. In der Nacht würde das Heiligenbild nicht mehr über seinem Bett sein. Alles mußte zusammenstürzen.
Er trat bei Karl ein. Er blieb mitten im Zimmer stehen. Er sah nicht, daß der Pfleger im Zimmer war. Er sah bloß Karls

Hornbrille, in deren Gläsern sich das Licht brach. Ihm war, als müsse er fallen.
„Sie hat mein Bild verbrannt," sagte er.
„Dein Bild? Das Heiligenbild?" Karl lachte. „Das ist wahrhaftig unvorsichtig von ihr! Nun wird er böse sein, der heilige Franz!"
„Ich habe es immer gehabt. Auf der Schule habe ich es gehabt."
„Ich weiß, ich weiß. Ich sehe ihn noch vor mir. Er spiegelte alle Farben. Rot, grün, blau, gold. Er war angestrichen, daß es nicht besser ging. Nun? Du bist wohl fassungslos? Du glaubst wohl, daß er sich rächen wird? Nun, sag es doch, daß du es glaubst! Ich werde nicht erstaunt sein darüber, glaube mir! Ich bin darauf gefaßt, Polzer, daß du dir morgen um einen Gulden einen neuen Heiligen kaufst, der dich weiter beschützen soll."
Polzer schüttelte den Kopf. Karl sah ihn herausfordernd an. „Narr, unverbesserlicher Narr! Geh, geh, hörst du, geh dir einen Stellvertreter kaufen! Einen Franz den Zweiten. Vielleicht kannst du einen finden, Polzer, der noch schöner lackiert ist. Dann kann dir nichts mehr geschehen!"
Polzer wunderte sich, daß Karl in Zorn geriet. Er wollte sagen, daß es das nicht sei und dadurch das Mißverständnis aufklären. Aber nun schien ihm alles fern und schon nebensächlich. Er sah, wo der Heilige im Zimmer der Mutter gehangen hatte. Über dem Bett an einer Wand, von der sich in Blättern die Tünche löste. In den Rahmen war eine Rose gesteckt. Polzer wunderte sich sehr. Er hörte Karl sprechen und fühlte, daß der Pfleger mit dem roten Fleck auf der Schürze sich langsam nähere. Von der Rose und der Wand mit dem sich lösenden Kalk hatte er nichts mehr gewußt. Er schüttelte verwundert den Kopf. Denn die Rose und die Wand waren aus seinem Gedächtnis verschwunden gewesen.
Karl sagte:
„Wenn es Gottesfurcht wäre, nun, ich könnte es begreifen, wenn auch es nicht mein Fall ist. Aber nein: es ist Aberglaube,

es ist nicht anders als mit dem Federstiel. Haha, Franz, erinnerst du dich noch des Federstiels?"
Er lachte laut und sah Polzer ins Gesicht
„Das ist es nicht," sagte Polzer leise. „Bloß, weil ich den Heiligen immer gehabt habe."
Er fürchtete sich vor Karls Lachen und blickte zu Boden. Aber der Pfleger war vorgetreten und stand neben Karls Stuhl.
„Ein gottesfürchtiger Mensch ..." sagte der Pfleger. Seine Stimme klang tief und eintönig.
Karl sah den Pfleger scharf an. Der Pfleger unterbrach seine Rede.
Karl lächelte ihm zu:
„Nun, sprechen Sie, Herr Sonntag! Ich freue mich, wenn Sie sich an unseren Gesprächen beteiligen."
„Mit Ihrer Erlaubnis, Herr Fanta, möchte ich hier nur ein Kleines sagen. Ich bitte um Vergebung, wenn ich mich nicht so auszudrücken vermag wie gebildete Menschen. Ich habe wenig gelernt."
Polzer sah gerade vor sich den Fleck auf der Schürze. Es war das Kälberblut. Polzer setzte sich und schloß die Augen. Die stimme des Pflegers klang einschläfernd in seinen Ohren.
„Ein gottesfürchtiger Mensch, wollte ich sagen," fuhr der Pfleger fort, „achtet die göttliche Ordnung. Wie denn, wenn Gott ist, sollte seine Ordnung nicht auch im Kleinsten sein, und sollen wir nicht trauern, wenn Mutwille diese Ordnung zerstört? Und was das Heiligenbild betrifft, die Zeugen, die um Christus gerungen und gelitten haben, sollen wir sie nicht verehren, wo uns die Bilder verstorbener Eltern heilig sind? Alles steht auf dem Vorigen, wenn Sie mich recht verstehen, und so kommt es über uns her, und niemand kann davon weg, was ihm gesetzt ist."
„Ja," sagte Polzer.
„Alles ist unerklärlich und dunkel, denkt man. Aber mit einemmal erwacht die Helligkeit und man sieht, alles geschieht, wie es da ist. Es gibt keine andern Wege als zu Christus. Alle gehen diese Wege, aber nur wenige wissen sie. Der Heilige auf dem

Bild hat Zeugnis von diesen Wegen abgelegt. Wenn wir uns dazu bekennen, zeugen wir für Christus."

„Nun, lieber Herr Sonntag, ich habe für derartige Gedankengänge kein Verständnis. Ich bin kein gottesfürchtiger Mensch. Nein, nein, das fehlte mir gerade noch, daß ich glauben sollte, Gott habe mich gestraft mit Eiter und Gestank, und mir an die Brust schlagen und aufs Jenseits hoffen. Das kann doch Ihr lieber Gott nicht verlangen, Herr Sonntag, das doch nicht!"

„Auch Sie werden einmal wissen, daß Sie auf einem dieser Wege gehen. Auch ich habe es nicht immer gewußt und auch Sie nicht, Herr Polzer!"

Polzer öffnete die Augen.

„Es ist nur, weil es immer über dem Bett hing," sagte er.

„Sehen Sie," rief Karl lachend.

„Eines Tages werden wir alle es sehen. Gebe Gott, daß Sie noch Zeugnis davon ablegen können und daß es nicht in Ihrer letzten Stunde sei, Herr Fanta! Denn das ist wohl schwer zu tragen."

„Da muß ich mich wohl sehr beeilen, lieber Sonntag. Denn lange wird es doch nicht mehr dauern. Allerdings, durch liebenswürdige Mittel lockt er mich nicht, das werden Sie zugeben, Herr Sonntag."

„Das Leiden ist keine Strafe, Herr Fanta. Es gibt keine Strafe, bloß dem Gottlosen will es so scheinen. Es gibt keinen andern Trost, als daß man das Gute wie das Böse tun und ertragen muß. Der Gottesfürchtige läßt es willig und freudig geschehen, der Gottlose mit Murren. Einmal werden wir alle es verstehen. Nichts ist, was nicht um Christus geschähe."

„Nein, nein, Herr Sonntag, ich danke schon jetzt. Daß man sich freuen soll, das ist denn doch zuviel verlangt, glaube ich. Aber es gefällt mir, daß Sie selbst so überzeugt und zufrieden sind."

„Ich war es nicht immer, Herr Fanta. Als ich Metzger war und täglich die Tiere schlachtete, war ich es noch nicht. Ich tat meine Arbeit, aber in mir lag es, wenn ich so sagen darf, gleich einem dunklen schweren Berg. Ich ging nicht mit den Kameraden. Ich ging einsam. Ich war gewalttätig, und man fürchtete mich. Damals versuchte ich es mit dem Trunk. Da wurde ich bei einem Raufhandel verwundet, und ich lag lange im Krankenhaus in einer mährischen Stadt. Im Zimmer hing ein Christusbild. Mit mir lagen Kranke, und sie jammerten. Ich hatte die Lippen aufeinandergebissen, die Wunde brannte, und ich jammerte nicht. Ich fluchte der Schwester, einer frommen jungen Nonne, die mir die Wunde wusch und verband. Ich sagte in ihrer Gegenwart unflätige Worte. Allein sie kam geduldig immer wieder mit einem Lächeln um den Mund. Ihre Ergebenheit brachte mich auf. Ich wollte sie zornig sehen, und ich erdachte mir einen Plan, sie auf das tiefste zu verletzen. Ich wollte am nächsten Morgen, wenn sie kam, die Decke fortstoßen, ihr meine Wollust zeigen und sie höhnisch um Hilfe bitten. Allein es geschah etwas Schreckliches. Sie kam am Morgen nicht. Sie war in der Nacht auf eine grauenhafte Weise ermordet worden. Man hat den Täter nie entdeckt. Aus der Abteilung der Sträflinge des Krankenhauses war in dieser selbigen Nacht ein Häftling entflohen. Man zweifelte nicht, daß dieser die Tat vollbracht habe. Dieses Ereignis erweckte mich. Ich hatte sie gequält und hatte noch am Morgen, als sie schon ermordet war, an ihre Qual gedacht. Ich suchte nach einem Trost. Sie hatte mir Bücher mit den Erzählungen vom Leben und Leiden der Märtyrer gegeben. Ich las sie nun, und ich erkannte, daß es keinen Trost gebe als die Sühne und daß die Sühne nicht einmal ist, sondern ewig, und daß das der Trost ist, daß man immer von neuem sühnt. Ich hatte Christus gefunden."

Klara Porges war eingetreten. Sie trug eine Schüssel mit Karl Fantas Abendbrot. Der Pfleger nahm ihr die Schüssel aus der Hand.

„Als ich zurückkam, sah ich, daß ich nicht mehr Metzger sein könne. Ich versuchte es an einem Kalb, aber als sein Blut mir warm auf die Hände sprang und sein unwissendes, schon gebrochenes Auge mich ansah, stand ich auf und entlief. Ich zweifelte nicht, daß ich nun mich Kranken widmen müsse, das Werk der getöteten Prostnitzer Nonne fortzusetzen. Mein Schlächtermesser legte ich zuoberst in meinen Koffer. Jeden Abend nehme ich es um, und ich weiß, daß ich Metzger war und daß die Sühne nie zu Ende sein wird. Ich sehe es an und befühle seine Schärfe. Und ich freue mich, daß diese Schärfe ungenützt liegt."

Er hatte den Deckel eines schwarzen Koffers geöffnet, der in der Ecke stand. Er hob ein langes Messer und wog es in der Hand.

„Sehen Sie es an," sagte er.

„Geben Sie es fort," sagte Frau Porges.

„Fürchten Sie sich nicht, Frau Porges! Glauben Sie an Christus und fürchten Sie keine Waffen! Fürchten Sie nicht den Tod! Über dem Antlitz der Sterbenden ist die Versöhnung. In meinen Armen sind viele gestorben."

Er hatte sich zu Karl Fanta gebeugt und hielt den Löffel mit Suppe an Karls Mund.

Karl hatte sich aufgerichtet.

„Und nun?" fragte Karl Fanta unruhig. „Und nun? Ich bin der nächste, Herr Sonntag. Was wollen Sie?"

„Sprecht nicht von solchen Dingen," sagte Klara Porges. „Ich kann von solchen Dingen nicht sprechen hören, und geben Sie das Messer vom Tisch, Herr Sonntag!"

14

Täglich gegen den Abend kam Dora. Sie blieb allein bei Karl Fanta. Polzer saß bei Klara Porges in der Küche.

Man hörte oft Doras Weinen aus dem Zimmer. Dann trat sie heraus mit geröteten Augenlidern und gesenktem Blick.

Manchmal schrie Karl Fanta nach dem Pfleger, nach Polzer oder nach Klara Porges. Aber Dora hielt die Tür von innen zu und flehte, man möge nicht kommen.

„Er will sie nackt zeigen." Klara Porges lächelte.

„Er quält Dora sehr," sagte Polzer.

„Was hat sie? Er ist wie ein Kind. Warum schämt sie sich vor ihm? Ich schäme mich nicht vor ihm."

„Sie, Frau Porges?"

„Ja, ja, ich," sagte sie.

Nachts hörte man Karl stöhnen. Sein Zimmer war von außen versperrt. Niemand schlief bei ihm. Des Pflegers Bett stand in dem Zimmer, das Polzer früher bewohnt hatte. Der Pfleger wachte. Er ging mit gleichmäßigen Schritten auf und ab. Seine Schritte waren leise. Aber Polzer hörte sie. Auch Frau Porges war unruhig. Polzer sah, daß sie aufrecht im Bett saß und lauschte.

„Hörst du ihn nachts?" fragte Karl Fanta ihn leise.

Polzer nickte.

„Er sagt, er habe Gesichte, die ihn nicht schlafen lassen. Er ringe mit dem Bösen. Was will er, was will er, Polzer? Er hat den Koffer mit dem Messer zu sich genommen."

Polzer schlief wenig. Die Luft des Zimmers war erfüllt von einem leisen säuerlichen Geruch, der von Frau Porges' Bett ausging. Oft glaubte er ersticken zu müssen. Die Witwe duldete nicht, daß er das Fenster öffne. Sie fürchtete Zugluft sehr.

Morgens und abends wusch sie sich. Er sah das schwere Fleisch der Witwe nackt, dunkel schimmern. Über den Hüften bildete es dicke Falten. Sie kam auf ihn zu und lachte leise: „Fürchtest du dich," flüsterte sie. „Sieh mich an, hörst du!" Ihr Atem drang warm an sein Ohr.

Ihre Hände peinigten ihn. Sie hielt ihm den Mund zu, daß er nicht schreie und daß der Pfleger ihn nicht höre, und stieß ihn zu sich ins Bett.

Nachts sah er die weiße Kopfhaut schimmern zwischen dem schwarzen Haar links und rechts. Sie schlief. Er wollte aufstehen, diesen Scheitel zerstören. Dann würde alles gut sein, das wußte er. Er fürchtete sich. Aber einmal würde er nicht mehr zittern, und dann würde es geschehen. Einmal würde er aufstehen müssen, es zu tun, und er bebte bei diesem Gedanken. Er würde sich erheben und ruhig auf das Bett zutreten, in dem sie schwer und laut atmend lag. Und ohne Erregung, ohne einen Gedanken zu denken, sachlich die Finger in ihr Haar wühlen und den Scheitel zerstören. Vielleicht ihn abschlagen, mit Sonntags scharfem Metzgermesser den Scheitel abschlagen vielleicht.

Morgens, ehe er das Haus verließ, trat Franz Polzer bei Karl Fanta ein. Karls Stuhl war an das geöffnete Fenster geschoben. Sonntag brachte das Zimmer in Ordnung. Er trug das Geschirr hinaus, brachte Wasser zum Waschen und holte das Frühstück. Karls Blicke verfolgten ihn aufmerksam und ungeduldig. Er wartete, bis der Pfleger das Zimmer verlassen hatte. „Nun," fragte Karl flüsternd, „was ist? Was ist mit der Dicken? Polzer! Ich höre sie schon hantieren in der Küche. Was war in der Nacht mit der Witwe?"

Polzer gab keine Antwort.

„Nun, nun, du bist eben diskret, mein Junge. Ich kann es verstehen. Ein Mann von Welt, ein Gentleman! Haha, nur kein süßes Geheimnis aus dem Schlafzimmer verraten! Das bleibt zwischen Decke und Leintuch bei einem Kavalier."

Sonntag trat ein. Karl schwieg, bis Sonntag das Zimmer wieder verlassen hatte.

„Hast du sie gehabt, Polzer?“ Er war sehr erregt. „Du mußt sie haben, hörst du! Ich will sie auch haben, ja!“

„Du?“ fragte Polzer.

„Ich! Ich habe schon manches gesehen, ja, und ich bin nicht enttäuscht. Im Gegenteil, Polzer, im Gegenteil. Oh, sie ist klug, deine Klara, sehr klug, haha. Sie sorgt für sich und für dich. Auch für dich! Wer hätte das gedacht! Aber es ist gut so. Keine Unklarheit! Jede Ware hat ihren Preis, und das ist gute Ware, wie, Polzer, wie? Meinst du, daß das nicht schön ist, meinst du, daß Dorachen besser ist? Zart, edle Linie, meinst du? Mag das fromme Wildschwein daran seine Freude haben! Weißt du, daß er nun Konventikel abhält, Polzer? Was hältst du davon? Ich fürchte, sie gehen alle in die Wüste — mit ihm, versteht sich.“

Karl machte eine Pause.

„Nein, nein,“ fuhr er fort, „die Knöspchen machen es nicht, Polzer. In der Schönheit, Polzer, kann es nicht sein. Es ist anderswo. Es gibt Gourmets und es gibt Fresser, Polzer, verstehst du das? Die Schönheit wird einem über. Man kann sie immer nur ansehen. Schau mich nicht an wie ein Kalb, ich bitte dich! Es gibt Fresser, die eine Sau fressen wollen und keine Pastetchen. Oder gar nur Blumen betrachten. Eine Sau soll es sein, Polzer! Sie hat einen häßlichen Bauch, wie? Fett, faltig? Du siehst ihn doch, wenn sie sich wäscht. Sag mir, wenn du es kannst, was ist denn schön an einem glatten Mädchenbauch, nun, nun, weißt du es nicht? Eine abgeweichte Frau ist sie, sagst du, die Brust, der Fettbauch, schwipp schwapp, labbert wie Kesselfleisch. Gerade das, Polzer, schwipp schwapp, das Mutterschwein! Ich bin kein Mann mehr, du mußt mich nicht so ansehen, ich weiß es, aber mein Späßchen will ich noch haben, hahaha!“

Sein Gesicht hatte sich zu einer Grimasse verzogen.

„Geh, geh,“ sagte er, „geh, Knabe Franz, und glaube an die Schönheit! Such dir ein Mädelchen, wie Dora war, und leg dich in ein Bettchen mit ihr, aber daß es fein sauber überzogen

ist. Iß kein weiches Brot vorher, daß du nicht durch Knall und Geruch den lieblichen Zauber bannst!"
Was ist das alles, dachte Polzer auf dem Wege in die Bank. Sie sorgt für sich und für dich, hatte Karl gesagt. Was sollte das heißen? Verlangte er nun das von ihr, womit er auch Dora quälte, und wollte sie Geld von ihm dafür? Wozu brauchte sie Geld? Nein, nein, sie lebte doch bescheiden, und zudem hatte sich ihr Einkommen doch jetzt erst durch Karls Zuzug vergrößert. Sie würde sich nicht schämen, hatte sie gesagt, und würde tun, was er verlange. Wollte sie nun wirklich Geld von ihm? Wenn Karl sie ganz zu sich nehmen würde, ganz in sein Zimmer, dachte Polzer! Aber Klara Porges würde es nicht tun. Und dann würde auch er, Polzer, wieder ganz allein sein. Neben dem Pfleger, dessen Schritt ihn nachts ängstigte. Was für einen Verdacht hatte nun Karl wegen des Pflegers Konventikel? Polzer hatte davon schon gehört. Die Frauen hatten sich zuerst in Klara Porges' Wohnung versammelt, nun aber trafen sie einander bei Kamilla. Auch Dora ging hin. Sonntag wollte die Frauen bekehren. Er las ihnen vor und erzählte Legenden aus dem Leben der Heiligen. So hatte man es Polzer gesagt. Dora ging nicht gerne hin, die andern Frauen schienen sie überredet zu haben. Polzer zweifelte nicht, daß Sonntag ihr noch immer widerwärtig sei und daß Karl sie grundlos verdächtige. Vielleicht wußte Karl selbst, wie haltlos sein Verdacht sei, und tat bloß so, sie zu beleidigen. Denn er haßte sie aus einem verborgenen Grund.
Einen Augenblick lang dachte Polzer daran, daß vielleicht, während er in der Bank sei, Klara Porges ihr Fleisch vor dem Verstümmelten entkleide. Der Gedanke daran war ihm peinlich. Was war nun mit Dora, die ihm aus dem Wege ging? Und was mit Franz, den er jetzt selten sah? Wo war der Doktor? Warum kam er nicht? Was war mit dem Geld, das Frau Porges von Karl verlangte? Wieso war in den Frauen die Neigung für fromme Dinge erwacht? „Es ist keine Ordnung mehr in den Dingen," dachte Polzer. „Ich hätte ausziehen sollen, solange es Zeit war." Er dachte an die leisen Schritte des Pflegers nachts

aus dem Nebenzimmer, das getrocknete Kälberblut und das Messer. Das Heiligenbild hing nicht mehr an der Wand. Nun war es zu spät zu allem.
Der kleine Wodak saß nicht an seinem Platz, als Franz Polzer eintrat. Polzer begann seine Arbeit. Wodaks Hut und dünnes Stöckchen hingen am Kleiderrechen. Wo war er? Sollte etwas vorgefallen sein? Am Ende ... Polzer horchte. Sprach man im Nebenzimmer? Er hörte nur das gleichmäßige Geräusch der Maschinen. Aber nun näherten sich Schritte auf dem Korridor, Stimmen. Polzer erhob sich. Nun waren sie an der Tür. Polzer griff nach der Stuhllehne hinter sich.
Die Tür wurde aufgerissen. Fogl, Wodak, begleitet von Herren und Damen, stürzten herein. Fogl trat, rot im Gesicht, nahe an Polzer heran. Polzer lehnte sich zurück. Er begriff alles. Er wollte die Augen schließen, aber er durfte es nicht. Einen Augenblick lang schien ihm, als sehe er Wodaks lachendes Gesicht. Fogl stand vor ihm. Nun mußte er ihm unverwandt auf den Mund sehen.
„Da sind Sie in dem geerbten Anzug," sagte Fogl. „Und Sie lassen mich eine Rede halten? Wissen Sie, was Sie sind? Ein Betrüger sind Sie," rief er. „Bekommt einen Anzug geschenkt — der Schneider lacht sich tot, wie er es Wodak erzählt — und läßt mich eine Rede halten, der reiche Herr Erbe! Wissen Sie, daß Sie mich beleidigt haben? Wissen Sie, wie man so einen nennt, Herr? Einen Hochstapler! Jawohl! Und Sie wagen noch, uns unter die Augen ... Herr ..."
Er trat noch näher. Polzer bewegte sich nicht. Er sah Fogl starr auf den Mund. Er wußte, nun würden sie auf ihn eindringen, nun würde Fogl die Hand erheben, ihm den Anzug vom Leibe reißen. Nun war geschehen, was er gefürchtet hatte. Franz Polzer atmete ruhig. Nun würden sie ihn strafen.
Aber sie straften ihn nicht. Fogl wich langsam wieder zurück. Sie sahen ihn an, als warteten sie. Da begriff Polzer, daß er gehen müsse, leise davonschleichen. Er ließ den Stuhl los und ging langsam mit gesenktem Kopf. Er ging zwischen ihnen durch zur Tür. An der Tür fühlte er das Verlangen, sich umzu-

drehen und seinen Tisch noch einmal anzusehen. Auch, daß er den obersten Bogen auf seinem Tisch bereits durchgesehen, wenn auch noch nicht mit seinem Namenszug gezeichnet habe, wollte er sagen. Aber nun stand er schon auf dem dunklen Gang.

Frau Porges empfing ihn erstaunt.

„Ich werde nun nicht mehr in die Bank gehen," sagte er.

Sie sah ihn fragend an, aber es war ihm schwer, darüber zu sprechen.

„Es ist etwas geschehen," sagte er.

Er suchte es vor Karl zu verheimlichen. So verließ er morgens das Haus, als ginge er noch in die Bank. Er wagte es nicht, in das Innere der Stadt zu gehen, wo er Leuten begegnen konnte, die ihn kannten. Er ging das Ufer des Flusses entlang, gegen die Vorstadt. Am Sonntag suchte er nun ein kleines Café auf, in dem er unbekannt war. Er hätte gern den Doktor gesehen und ihn gebeten, den neuen Anzug zurückzunehmen. Aber der Doktor war wohl verreist. Polzer erschrak, wenn ein Vorübergehender, dem der braune rundgeschnittene Rock auffiel, sich nach ihm umsah. Er wußte, daß sein Betrug noch nicht zu Ende sei. Er hatte den Rock noch nicht abgelegt. Er trug ihn, als sei er ein Mann aus guten Bürgerskreisen wie Karls Vater. Er ging knapp an den Mauern der Häuser, denn: immer konnte der Mann kommen, der ihn erkannte.

Karl blieb es nicht lange verborgen, daß Polzer nicht mehr in die Bank gehe.

„Was ist denn," fragte er. „Du gehst nicht mehr in die Bank?"

Polzer errötete und gab keine Antwort.

Karl lachte:

„Ich verstehe. Ihr schwimmt in Geld, wie? Wozu denn auch noch?"

„Karl," sagte Polzer. „Was ist mit dem Geld?"

„Was mit dem Geld ist? Wie du fragen kannst, du liebe Unschuld, du! Laß dir von deiner Klara erzählen! Vielleicht flüstert sie es dir nachts ins Ohr." — —

Es war kein Damm mehr gegen die hereinbrechende Verwirrung. Von allen Seiten drang sie nun ein.
Karl Fantas goldene Uhr, die immer neben dem Kranken auf dem Tisch gelegen hatte, war plötzlich verschwunden. Sonntag und Klara Porges suchten sie in allen Räumen der Wohnung. Sie fanden sie in einem schwarzen Holzkoffer, in dem Polzer seine Wäsche aufbewahrte.
Der Pfleger legte sie auf den Tisch. Er sah Franz Polzer an. „Wir haben die Uhr in Herrn Polzers Koffer gefunden," sagte er.
Polzer begriff erst, als er Karls Blick auf sich fühlte. Er stand auf und wollte etwas sagen. Aber der Pfleger kam ihm zuvor. „Herr Fanta," sagte der Pfleger, „ich bitte Sie um Christi willen, antworten Sie uns auf diese eine Frage: Können Sie sich entsinnen, daß Sie Herrn Polzer Ihre Uhr zur Aufbewahrung übergeben haben? Sie haben es vielleicht vergessen!"
„Nein," sagte Karl, „ich habe sie ihm nie gegeben. Aber was soll das?"
„Das soll, daß Herrn Polzer nur das befreien könnte. Wenn Sie sich nicht erinnern, dann ist kein Zweifel, daß er nicht widerstanden hat. Herr Polzer hat also die Uhr gestohlen."
„Ein so kostbares Stück," sagte Frau Porges.
„Nein, nein," sagte Franz Polzer hilflos und hob abwehrend die Hände. Der Pfleger sah ihn ernst an.
„Wir sind nicht berufen zu richten," fuhr der Pfleger fort, „wir sind allzumal Sünder und ein jeder hat Seines am Wege. Die Lockung des Goldes ist groß für einen Armen, der zudem sein trockenes Brot verloren hat. Wir wissen nicht, welche Leiden Ihnen auferlegt sind, Herr Polzer."
„Nein, nein," rief Polzer. Er wußte nichts anderes zu sagen. Er machte einen Schritt auf Karl zu.
„Nun, nun, nur keine Fassungslosigkeit," sagte Karl. „Die Sache geht dich nichts an. Der böse Geist war stärker als dein Schutzheiliger. Du hast keine Schuld. Laß deinen Schutzheiligen unter Herrn Sonntags Aufsicht gymnastische Übungen machen! Vielleicht kommt er zu Kraft, Polzer. Herr Sonntag, die

Uhr soll Ihnen gehören, wenn ich sterbe, — wenn ich eines natürlichen Todes sterbe, Herr Sonntag."

Sonntag verneigte sich.

„Schon gut," sagte Karl. „Ich weiß, daß Sie nicht am Gelde hängen. Eben darum gebe ich es Ihnen, Herr Sonntag. Frau Porges, Sie müssen es Polzer verzeihen. Er hat es gewiß nur für Sie getan."

Frau Porges schüttelte den Kopf. Sie wog die Uhr in der Hand. „Ein kostbares Stück," sagte sie.

„Und nun," sagte Karl, „was ist mit dem Abendbrot? Ich habe Hunger."

Klara Porges und der Pfleger verließen das Zimmer. Polzer sah ihnen nach. Er wollte sich umwenden und auf Karl zutreten. Was war das gewesen? Er hatte es nicht begriffen. Karl schüttelte den Kopf, daß Polzer schweige.

„Schließ die Tür," flüsterte er. „Sind sie in der Küche? ... Du brauchst mir nichts zu sagen. Du hast die Uhr nicht genommen. Du hast den Mut nicht dazu. Ich weiß gar nichts. Aber ich fürchte mich. Es gehen Dinge vor. Man kann mir den Mund zuhalten, daß ich nicht schreie, und ich muß mich schlachten lassen wie ein Kalb. Man will Geld, von allen Seiten Geld. Alles für Geld! Sage mir, Polzer, was tut die Witwe mit dem Geld? Höre, Polzer, du sollst nicht schlafen gehen, bevor er nachts nicht in seinem Zimmer ist. Bevor er dieses Zimmer nicht versperrt hat, hörst du? Er ist nun abends immer lange bei mir. Er steht da mit geneigtem Kopf und spricht zu mir. Es geht so eintönig. Es schläfert mich ein. Bloß die Angst hält mich wach. Ich sehe ihn an, ob er sich bewegt. Er setzt mir zu mit seinem Glauben. Alle sind im Bunde. Dora weint nun nicht mehr. Sie gehorcht, ohne zu weinen. Sie hat einen Hinterhalt, verstehst du? Sonntag sagt, daß der Glaube sie gestärkt hat. Auch sie will Geld. Aber ich gebe ihr keines. ‚Bald wirst du alles haben, Dorachen,' sage ich. Ich glaube, sie wird nicht lange warten wollen und ein wenig nachhelfen lassen, verstehst du, der Glaube hat sie gestärkt."

„Ich darf ihn nicht entlassen," setzte er nach einer Pause hinzu. „Das würde allem einen Stoß geben."

Polzer saß in seinem Zimmer. Er wartete, bis er den Pfleger Karls Zimmer versperren höre. Frau Porges legte sich zu Bett.

„Es ist ein kostbares Stück," sagte sie. „Wenn man es verkauft ... Porges hat auch eine goldene Uhr gehabt. Aber lange nicht so schwer. Kaum halb so schwer. Ich habe zweihundert dafür bekommen."

Polzer lauschte ins Nebenzimmer, ob er Sonntags Schritt noch nicht höre. Er hörte nichts als Frau Porges' gedämpftes Sprechen. Er sollte ihr sagen, daß er die Uhr nicht gestohlen habe. Er sollte aufstehen und sie ansehen und es laut sagen. Aber er lauschte ins Nebenzimmer.

Frau Porges erhob sich halb im Bett.

„Polzer," sagte sie flüsternd, „du kannst Geld haben."

Er sah sie an. Ihr Hemd war von den Schultern geglitten. Ihre Augen blickten erregt. Zwei Finger über ihnen begann das Weiße des Scheitels.

„Sage Dora Fanta, daß du alles weißt, Polzer, mehr mußt du nicht sagen! Sie muß dir Geld geben, sage ihr!"

Geld, Geld, von überall Geld. Von Dora Fanta Geld? Wieso Geld von Dora Fanta?

„Frau Porges," sagte er, „um Gottes willen, was ist nun mit dem Geld?"

„Am Ende braucht man es nicht? Jetzt braucht man immer Geld in diesen Zeiten. Früher ... Du verdienst wohl genug, Polzer, was? Sage es ihr, morgen, wenn sie herkommt, warte auf der Treppe und sag es ihr; bloß daß du es weißt. Sie wird es dir gleich geben, Polzer."

Polzer hatte sich erhoben. Er wollte fragen, was das alles sei. Sie sollte es ihm sagen. Was Karl von ihr verlange und wofür sie sich Geld von ihm geben lasse. Was er von Dora wissen solle. Wozu das Geld sei, immerfort das Geld, von allen Seiten das Geld. Wie die Uhr in seinen Koffer gekommen sei, wollte er fragen. Karl hatte recht: es gingen Dinge vor. Alles hing zusammen. Die Tür war geöffnet, die Ordnung war zerrissen. Man sollte fliehen. Vielleicht konnte man es noch. In der Küche hinter dem Laden mußte solch ein Bild noch hängen. Er erinnerte sich daran, man mußte es holen, heimlich, wenn die Tante schlief, über den Gang schleichen, und wenn die Dielen krachten und sie die Tür öffnete, auf sie los, zu Boden werfen, betäuben, nur betäuben mit einem Schlag auf den Scheitel, und es trotz allem holen. Nun mußte er es wissen. Sie sah ihm gespannt ins Gesicht. Sie wartete. Worauf wartete sie? Lauschte sie? Es war ganz still nebenan.

Er öffnete den Mund, aber er sprach das erste Wort nicht. Ein Schrei gellte in seine Ohren. Polzers Mund blieb offen. Es war ein Schrei vor dem Tod. Hatte sie darauf gewartet? Was war nun? Oh Gott, was geschah nun, wieder in der Stille? Polzer fuhr zusammen. Es pochte an die Tür.

„Um Christi willen, kommen Sie!" Es war Sonntags Stimme. Frau Porges sprang auf. Sie lief im Hemd hinter Polzer und Sonntag her.

Karl lag im Bett. Er lächelte leise.

„Eine Schwäche hat mich befallen," sagte er. „Nun ist alles gut. Herr Sonntag erzählte mir von den Wunden der Märtyrer. Er erzählt so lebendig, mit so plastischen Bewegungen, man glaubt es selbst zu erleiden. Ein guter Erzähler. Es hat mich aufgeregt. Verzeihen Sie mir! — Nun bin ich müde. Gehen Sie, ich danke Ihnen. Sperre die Tür zu, Polzer! — Gute Nacht!"

Er nickte und lächelte. Aber sein Gesicht schien Polzer von Todesangst verzerrt. Ihm war, als suchten Karls Augen in grenzenloser Furcht bei ihm Hilfe.

Er trat mit Frau Porges in das gemeinsame Zimmer. Alles war in Verwirrung. Sie schritt auf ihr Bett zu.

„Das Geld, das Geld," rief er. Seine Stimme klang heiser. „Wozu das Geld?"

Sie stand einen Schritt weit von ihm. Sie sah ihn einen Augenblick lang an. Dann ließ sie das Hemd fallen. Sie war nackt.

„Da, da, darum das Geld!“ Frau Porges klatschte mit beiden Händen gegen ihren Leib. Sie sah ihn herausfordernd an. Er wandte sich ab.

„Dafür das Geld,“ rief sie erregt. „Dafür! Wer wird dafür sorgen, ha? Wende dich nicht ab, du! Da,“ sie ergriff seine Hand, „da, siehst du es nicht: ich bin schwanger von dir!“

Er sah sie verständnislos an.

Sie wies auf ihren vorquellenden Leib.

„Ja, sieh mich an, sieh mich an! Dafür das Geld. Ich bin schwanger, dafür das Geld!“

Sie stieg ins Bett und wandte sich der Wand zu.

Im Nebenzimmer ging leise und gleichmäßig der Pfleger auf und ab.

„Man muß über alles nachdenken,“ dachte Polzer bestürzt.

Er horchte.

Die Schritte verstummten erst gegen Morgen.

15

Polzer benützte jede Gelegenheit, das Haus zu verlassen. In den Zimmern von Frau Porges' Wohnung war Unruhe. Der Pfleger ging unhörbar durch die Türen. Plötzlich stand er neben einem. Man hatte ihn nicht kommen gehört. Karl rief. Den ganzen Vormittag mußte nun Polzer neben ihm sitzen. Das Geständnis der Witwe hatte die Bestürzung und Verwirrung erhöht. Die Wangen der Witwe waren bleich, fett und unbeweglich. Aber täglich schien Polzer der grauenvolle Leib gewachsen, der seine widerwillig gezeugte Frucht barg.

Nach dem Mittagessen konnte er ungesehen aus dem Haus schleichen. Karl schlief, der Pfleger saß in seinem Zimmer und las Berichte über das Leben von Heiligen, Frau Porges reinigte in der Küche das Geschirr. Polzer ging an den Fluß. Er schritt stromaufwärts am Ufer entlang und setzte sich, wenn die Sonne schien, auf immer dieselbe Bank. Er wollte alles ordnen, in Zusammenhang bringen, denn nun war keine Ordnung, jeder Augenblick brachte Unerwartetes. Es war nicht möglich, bereit zu sein. Es war kein Gerüst der Regelmäßigkeit, sich daran zu klammern. Vielleicht sollte er aufstehen, jetzt noch, in die Bank zu gehen, sich an seinen Tisch setzen, die Arbeit aufnehmen, wo sie damals unterbrochen worden war. Kein Zweifel, daß dort nun alles durcheinander geraten war und immer weiter durcheinander geriet wie zu Hause. Die jahrelange Regel in den Papieren war zerstört und in Verwirrung, zwischen da und dort war ein geheimnisvoller Zusammenhang. Er mußte hingehen und ordnen und auch zu Hause würde sich dann alles entwirren. Dort saß jetzt einer und schaltete mit Polzers Schicksal. Er dort durchbrach die Gesetzmäßigkeit von Polzers Leben. Er ließ unerledigt, machte Fehler, häufte regellos Wirrnis aufeinander. Dort saß einer, den er gar nicht kannte, und

begrub ihn, Polzer, in Unordnung und Verwirrung. Er mußte aufstehen und an seinen Platz gehen und die verwirrten Fäden glätten.
Polzer lächelte bei diesem Gedanken.
Die Ordnung ist durchbrochen, dachte er. Er saß auf der Bank und blickte über den breiten Fluß. Man muß sie herstellen, um alles zu retten. Das ist nicht Aberglaube, wie Karl sagt. Es ist Gottesfurcht vielleicht. Denn Gott ist Ruhe, Gewißheit und Ordnung.
Aber schon wußte Polzer, daß er nicht in die Bank gehen könne. Sein Kommen mußte Fogl und die andern beleidigen. Sie durften ihn nie mehr sehen. Er konnte den dort an seinem Platz nicht hindern, ihm den Boden der Ordnung zu entziehen, daß alles zusammenstürze. Es blieb nichts, als geschehen zu lassen.
Die Häuser standen hier nicht mehr dicht nebeneinander. Nur selten gingen Menschen an Polzers Bank vorbei. Rechts hinter ihm lag das große Kloster und links an beiden Ufern sah er Fabriken, einzelne Häuser und Felder. Manchmal näherten sich der Bank spielende Kinder, halbwüchsige Mädchen und Knaben. Wenn sie sich nicht anschickten, den Platz wieder zu verlassen, erhob sich Polzer und ging langsam denselben Weg zurück, den er gekommen war.
Polzer war erstaunt, als er eines Nachmittags bei diesem Spaziergang auf seiner gewohnten Bank Franz Fanta sitzen sah. Franz schien ihn erwartet zu haben. Er stand auf, als er Polzer erblickte, und schritt ihm entgegen.
Polzer hatte Franz lange nicht mehr gesehen. Franz besuchte seinen Vater täglich nachmittags, eben zu der Stunde, die Polzer zu seinem Spaziergang benützte. Erfreut, Franz zu sehen, schüttelte Polzer ihm die Hand. Er machte sich Vorwürfe, solange nicht nach Franz gesehen zu haben, ihn vergessen zu haben, den gewiß manches bedrückte.
„Ich bin hierher gekommen, um mit dir zu sprechen,“ sagte Franz. „Ich wußte, daß du täglich hierher gehst. Ich habe auf dich gewartet.“

„Was gibt es?“ fragte Polzer.

Er sah Franz an. Franz war erregt. Polzer bemerkte, daß Franz sich in den Wochen, in denen er ihn nicht gesehen hatte, stark verändert hatte. Er war gewachsen. Sein Gesicht aber war bleich und schmal geworden und unter den Augen lagen dunkle Ringe.

„Bist du krank?“ fragte Polzer ängstlich.

Franz strich das schwarze Haar aus der Stirn.

„Nein, das ist es nicht,“ sagte er. „Ich bin noch nicht krank. Auch das kommt noch; aber davon ein andermal — oder besser gar nicht.“

„Warum sollte es noch kommen?“ fragte Polzer. „Weil dein Vater krank ist? Das ist nicht gesagt. Du mußt vorsichtig sein, Franz, das ist alles.“

„Lassen wir das, Polzer. Aber du bist ja so gut mit Papa. Papa denkt doch über alles mögliche nach. Frag ihn doch einmal, ob er schon darüber nachgedacht hat, was er mir da hinterläßt, willst du?“

„Franz, Franz! Was sind das für Einfälle, Franz!“

„Nun, ich frage ihn doch nicht! Aber ich denke mir oft, er müßte nicht so kurz angebunden sein mit mir. Er tut immer, als sei ich ihm lästig. Oft ist er grob. Ich glaube, er hätte allen Grund, viel, viel höflicher mit mir zu sein.“

„Der Arme leidet sehr, Franz. Du sollst ihm nicht zürnen. Doch … Ich könnte es ihn ja verstehen lassen,“ sagte Polzer.

Franz schüttelte den Kopf.

„Nein, nein, das ist es nicht.“

Er sah Polzer an.

„Ich muß es jemandem sagen,“ sagte er nach einer Pause unvermittelt und rückte Polzer näher. „Polzer, du bist der einzige, dem ich es sagen kann. Es brennt mir in der Seele, Polzer. Es ist furchtbar, furchtbar!“

Er stützte seinen Kopf in die Hände.

Polzer streichelte Franzens Haar. Die Erregung hatte auch ihn ergriffen. Er fühlte, daß dieser neben ihm, den er liebte, leide.

„Sprich,“ sagte er und seine Stimme zitterte, „sprich!“

Franz richtete sich auf. Er sah starr vor sich hin auf den Fluß. „Ich habe mit Vaters Anwalt gesprochen. Er sagte mir, Vater sei vielleicht auch geistig nicht ganz in Ordnung. Er verschwende sein Geld. Der Anwalt hat schon mit einigen Freunden darüber gesprochen, ob man ihn nicht entmündigen solle. Überrascht es dich, Polzer? Nun, mich überrascht es nicht. Weißt du, wer sein Geld abhebt? Nun, rate doch, rate doch!"
Polzer erschrak. Er dachte an Frau Porges.
„Das errätst du nicht, nein, das errätst du nicht, Polzer."
Franz machte eine Pause.
„Ich muß es dir sagen, Polzer: Mama hebt sein Geld ab. Sie braucht Unsummen. Erst versuchte sie es von ihm zu erhalten. Nun aber benutzt sie eine gefälschte Vollmacht. Schüttle nicht den Kopf, Polzer. Es ist so!"
„Du tust deiner Mutter bestimmt Unrecht, Franz! Wozu sollte sie ..."
„Wozu? ... Da, lies!" sagte er.
Er gab ihm einen Zettel. Polzer las:
„Das Geld muß abends da sein, sonst erfährt er alles."
„Diesen Zettel habe ich in Mamas Tasche gefunden. Er ist von Frau Porges geschrieben. Ich ging zu meiner Mutter und zeigte ihr den Zettel. Polzer, Polzer, es ist entsetzlich, ich kann es nicht erzählen!"
Er schluchzte. Polzer ergriff seine Hand.
„Weine nicht," sagte er. „Weine nicht, Franz!"
„Mama sah den Zettel an und dann mich. Sie ist vielleicht nicht ganz schlecht, Polzer, nur ... Sie zog mich an sich und begann furchtbar zu weinen. So als hätte sie etwas sehr Schweres auf sich, weißt du. Aber mich überkam Wut oder sonst etwas und ich sagte — ich weiß nicht, woher es mir einfiel —,du hast etwas mit dem Pfleger,' sagte ich. Da sprang sie auf wie besessen und schrie, es sei nicht wahr, und wer mir das gesagt habe, und ich solle es nicht glauben, und schwor mir heilige Eide, daß es nicht wahr sei."
Er schwieg.
„Wie konntest du es auch glauben!" sagte Polzer.

„Sie gestand mir," fuhr Franz leise fort, „daß es der Tenor sei. Du kennst ihn doch, Polzer. Kamilla sei schuld daran. Kamilla habe sie zum Tee geladen. Der Tenor sei dagewesen. Kamilla ist fortgegangen, da ist der Tenor mit meiner Mutter allein gewesen. Polzer, Polzer ... Es schüttelt mich, Polzer ....„ er fuhr sich mit dem Handrücken über die Stirn. „Es sei vorbei, sagte sie. Aber sie brauche nun Geld," fuhr er sachlich fort, „immer mehr Geld, sonst erfahre es der Vater. Ich könne ihr nicht helfen, sagte sie, niemand könne ihr helfen, nein, und sie weinte und beschwor mich zu schweigen."

„Ist das wahr?" fragte Polzer.

Franz nickte.

Polzer konnte es nicht fassen. Hatte Karl recht gehabt? Wie konnte der Sohn das ertragen!

„Frau Porges ..." sagte er.

„Ich habe es Frau Porges gesagt," unterbrach ihn Franz. „Sie geriet in große Erregung. Ich solle davon schweigen, befahl sie, sonst würde sie alles Vater sagen. Vater darf das nicht erfahren."

„Du Armer," sagte Polzer. Ihm war, als müsse er ihm Gutes tun, ihn umarmen, an sich ziehen.

Franz fühlte Polzers warmen Blick. Er rückte etwas ab von ihm.

„Du denkst zu gut von mir, Polzer," sagte er leise und blickte zu Boden.

Das ist nicht mehr Franz, dachte Polzer, der Sechzehnjährige, der Knabe. Er ist unter dem Schrecklichen ein Mann geworden.

„Nein, nein, Polzer," fuhr Franz Fanta fort, „es ist unerträglich! Was soll ich tun? Mich ekelt alles an. Ich möchte sie ins Wasser werfen, ja, sie und mich, Polzer. — Nun geht sie in die Konventikel. Der Pfleger hält fromme Vorträge. Sie ist schon ganz irrsinnig davon. Wenn sie nach Hause kommt, weint sie. Sie beschimpfen sie dort, die Frauen. Der Pfleger hat es angeordnet. Sie ist hochmütig, sagt er, vornehm und reich. Sie muß Erniedrigung leiden. Die Frauen haben Mitleid mit ihr. Aber sie gehorchen. Sie muß den Tee reichen und darf nicht sitzen. Ich weiß nicht alles, sie will nicht alles sagen. Sie nennen sie mit den schmutzigsten Namen! Oh Gott, oh Gott, Polzer, das alles ist nicht zu ertragen!"

„Sprich nicht so, Franz! Weiß Gott, Franz, was sie leidet!"

„Ja, was sie leidet! Vielleicht spucken sie und sie muß es vom Boden lecken, um ihre Demut zu zeigen. Warum läßt sie nicht alles hereinbrechen, warum läßt sie das geschehen? Der Pfleger ist ein Narr, Polzer, aber ein böser. Er trägt immer ein Päckchen in Zeitungspapier gewickelt, wenn er zu den Zusammenkünften geht. Es liegt auf seinem Koffer, das Päckchen. Du solltest mal sehen, Polzer, was das für ein Päckchen ist."

Er erhob sich.

„Gehen wir," sagte er. „Du kannst mir nicht helfen, Polzer. Niemand kann da helfen."

Sie gingen schweigend nebeneinander.

Wozu das Geld, dachte Polzer, immer das Geld? Für sein, Polzers Kind, das Geld? Sie sollte ihm sagen, wo das Geld sei, er wollte es zurückgeben. Er brauchte für das Kind dieses Geld nicht.

„Sie wird das Geld zurückgeben," sagte er.

„Wer?"

„Frau Porges."

„Glaubst du, daß sie es hat? Und wenn sie es zurückgibt, ist dann meine Frau Mama etwa nicht mit dem Tenor auf dem Sofa gelegen?"

Er blieb stehen und hustete.

„Papa meldet sich," sagte er schwer atmend. „Ich werde nicht lange hierbleiben, Polzer. Ich lasse mich von einem Arzt nach dem Süden schicken. Mir ist das alles zum Kotzen."

Karl war schon erwacht, als Polzer heimkehrte. Er hörte Polzers Schritt und rief nach ihm. So konnte Polzer nicht, wie er es sich vorgenommen hatte, zuerst zu Frau Porges. Er wollte sie nun nach allem unbarmherzig fragen. Er hatte nicht gewußt, daß sie von allen Seiten Geld nahm, und auch nicht, daß die Summen, die sie verlangte, so hohe waren. Wo war das Geld?

Wo kam das Geld hin? Man sah es nirgends, das viele Geld, wohin verschwand es? Verbarg sie es? Wozu brauchte sie für das Kind das viele Geld? Er wollte in sie dringen, bis sie alles sagte, dann das Geld nehmen, zu Dora gehen und es ihr zurückgeben.
Er trat bei Karl ein. Die Tür zu Sonntags Zimmer war offen. Der Pfleger war nicht da.
„Nun, nun," sagte Karl, „wo bleibst du? Ich will mit dir sprechen, ehe Sonntag da ist. Ich habe ihn fortgeschickt, aber jeden Augenblick kann er wieder hier sein. Ich will, daß du abends dableibst, bis Sonntag in sein Zimmer geht. Ich kann abends mit ihm nicht allein sein. Der Schlaf könnte mich überfallen. Wirst du bei mir bleiben, Polzer, am Abend?"
Polzer nickte. Er sah durch die offene Tür in Sonntags Zimmer. Auf des Pflegers Koffer lag das Päckchen in Zeitungspapier.
„Alle sind im Bunde," sagte Karl. „Kein Zweifel, daß auch deine Witwe mit von der Partie ist, Polzer. Übrigens, wie ist dir denn das passiert, Polzer, wer hätte das gedacht, ha, ha, ha, wer hätte es dir zugetraut! Alle Hochachtung, du hast Kraft in den Lenden. Ich traute ja meinen Augen nicht! Am Ende weißt du es noch gar nicht, du heilige Einfalt, daß sie schwanger ist? Du wirst Vater, Polzer, laß dir gratulieren, du Glücklicher."
Polzer blickte auf das Päckchen. Der Pfleger war nicht da. Er konnte aufstehen und nachsehen, was es enthalte.
„Und wie denkst du über die Folgen, Polzer? Ich glaube, die Witwe macht sich allerhand Hoffnungen. Willst du euern Bund nicht vor dem Altar für die Ewigkeit besiegeln, wie? Ich glaube, sie rechnet damit, daß du sie heiratest!"
„Die Sitte erfordert es wohl," sagte Polzer.
Karl lachte.
„Die Sitte erfordert es! Polzer, Polzer, du überraschst immer wieder. Die Sitte erfordert es! Woher du das nur nimmst, Polzer, das ist ja, als ob es erfunden wäre. Man könnte Tränen lachen, wenn man sich nicht ärgern müßte über dich. Die Sitte erfordert es und so wird Klara Porges wohl Klara Polzer heißen. Ich

hoffe bloß, daß das in unsern Beziehungen nichts ändert, wie, zwischen mir und dir und mir und ihr? Du wirst mir doch meine kleinen Vergnügungen gönnen, Polzer, auch wenn du verheiratet bist?“

„Dort liegt das Päckchen,“ sagte Polzer.

„Welches Päckchen liegt dort, Polzer, ich kann es nicht sehen. Bringe es her, Polzer, das Päckchen!“

Polzer stand auf und brachte es.

„Der Pfleger nimmt es zu den Konventikeln mit,“ sagte er.

„Laß sehen, was es enthält, Polzer!“

Polzers Hände zitterten, als er das Papier auseinandernahm. In diesem Augenblick öffnete sich leise die Tür und der Pfleger trat ein. Polzer erschrak. Seine Hände ließen das halbgeöffnete Päckchen zu Boden fallen. Eine weiße, blutgefleckte Schlächterschürze hatte sich entrollt. Daneben lag Sonntags Metzgermesser am Boden.

Sonntag bückte sich und hob Messer und Schürze vom Boden auf.

„Frisches Blut,“ sagte Karl Fanta tonlos.

„Das ist das letzte Blut,“ sagte der Pfleger. Seine Stimme war tief, ruhig und eintönig wie immer.

„Was soll das alles, oh Gott, was soll das?“ fragte Karl. Sein Kopf war zurückgefallen, die Augen waren halb geschlossen.

„Ich habe diese Schürze getragen, als ich zum letztenmal ein Kalb schlug. Ich habe sie nicht gewaschen und so aufbewahrt. Nun habe ich alles für die Zusammenkünfte zurechtgelegt,“ sagte der Pfleger. „Das Blut liegt an meiner Brust und das Messer schlägt meine Schenkel. So habe ich die Macht, Christus zu sagen. Denn es ist keine andere Sühne, als seine Sünde nochmals auf sich zu nehmen, denn es ist nicht zu Ende. Wenn ich die Schürze trage und das Messer, bin ich wieder Metzger wie einst, nur wissend um meine Schuld. Es ist uns nicht gegeben, unsern Weg und unsere Sünde zu verlassen. Im Geiste erdulde ich solchergestalt immer wieder die Tat, deren ich schuldig bin, und so, Christus im Herzen, Reue, Demut und Scham, sühne ich sie in der Erniedrigung, sie trotz allem gleichsam wieder zu tun."

Er rollte das Messer in die Schürze.

„Der Anblick von Blut und Messer stärkt uns allen die Bereitschaft. Ich stehe da, demütig zur sündigen Tat bereit, die mir gesetzt ist, das Messer in der Hand. Die Frauen sehen es an. Sie sprechen nicht. Und auch ich spreche wenig. Sie sehen Blut und Messer und sie wissen um den Schmerz der Märtyrer. Ich prüfe die Schärfe des Stahls. Es ist das Messer des Todes."

„Was geschieht?" fragte Karl. Sein Gesicht war bleich. Er sah gespannt den Pfleger an.

„Wir sehen die Krone des Todes und erniedrigen uns voreinander."

„Auch Dora?"

„Ich versage ihr die Ehrfurcht nicht. Denn sie ist Ihre Gattin, Herr Fanta. Sie ist eine hochmütige Frau, voll Trotz und Stolz. Ihr Körper ist durch Bäder verwöhnt. Aber die Zeichen wecken sie. Sie demütigt sich, indem sie dient. Sie reicht stehend den kargen Imbiß denen, die ärmerer Herkunft sind. Viele Leiden und Erniedrigungen sind noch für sie da, für sie alle und auch für mich."

Er nahm das Päckchen und verließ das Zimmer.

Karl atmete schwer.

„Sie sind irrsinnig, Polzer," sagte er leise, „alle sind irrsinnig. Das Messer spukt in allem. Ich glaube, daß er sie mit dem Messer quält. Polzer, Polzer, am Ende ist das Blut Blut von besonderen Kälbern. Aber sie müßten ja Wundmale haben! Polzer, Frau Porges hat keine Male, sage nichts, schweig, ich weiß es, ich will dir sagen, daß ich es weiß, aber schweig darüber, laß es mir, Polzer, ich weiß es, sie hat keine Male. Von Dora weiß ich es nicht. Der Pfleger ist immer da, wenn sie bei mir ist. Aber ich will wissen, von welchen Kälbern dieses Blut ist. Ich will wissen, wieweit diese angewandte Demut geht, Polzer, ja! Ich werde Dora sagen, daß ich genug habe von der andern Kost und mich nach ihrem Körperchen, nach ihren kleinen Apfelsinenbrüstchen sehne. Dann werde ich alles erfahren, Polzer."

„Quäle sie nicht," sagte Polzer.

„Quäle sie nicht! Hast du vergessen, wer das alles über mich gebracht hat? Vergißt du so rasch, was ich dir sage? Wer hat mich aus dem Haus getrieben? Wer umstellte mich und umstellt mich auch jetzt und verbündet sich gegen mich mit allen? Glaube du nur ihrem unschuldigen Kinderfrätzchen, Polzer! Alles, weil sie Geld wollen, alle Geld, wozu das viele Geld!"

Als der Pfleger Karl Fanta das Abendbrot brachte, ging Polzer.

„Du kommst doch noch," rief Karl ihm nach.

Polzer wandte sich um und nickte. Er fühlte Karls geängsteten Blick auf sich.

Frau Porges stellte Polzer sein Abendessen auf den gescheuerten Küchentisch. Seit er in ihrem Zimmer wohnte, mußte er die Mahlzeiten in der Küche einnehmen. Die Witwe hatte eine Schürze vor den Leib gebunden, wodurch ihr Zustand sichtbarer wurde. Polzer fühlte, daß nun der Augenblick gekommen sei, wo er sie wegen des Geldes eindringlich fragen könne. Allein er begann nicht davon. Sie saß neben ihm, laut atmend. Er wagte nicht aufzusehen. Wenn es finster wäre, dachte er, wenn er sie nicht sehen würde, würde es leichter sein.

Er aß schnell und ging in Karls Zimmer.

Karl lächelte ihm zu, als er eintrat. Der Pfleger hatte die Teller schon fortgeräumt. Polzer setzte sich auf einen Stuhl neben Karls Krankensessel. Der Pfleger stand aufrecht mit nach vorne geneigtem Kopf mitten im Zimmer.

„Ich habe Herrn Polzer davon gesprochen, wie fesselnd Sie zu erzählen wissen," sagte Karl Fanta. „Es ist wirklich kaum zu glauben. Sie haben doch nichts dagegen, daß auch er einmal zuhört?"

„Im Gegenteil, ich freue mich, daß Herr Polzer gekommen ist. Ich weiß, daß er im stillen mein Verbündeter ist. Denn auch er ist ein gottesfürchtiger Mensch."

„Ein Abergläubiger mehr," sagte Polzer. Er wich verlegen Karls Blick aus.

„Der Aberglaube entspringt der Gottesfurcht," sagte der Pfleger. „Mir ist, als könne nur abergläubig sein, wer an die göttliche Ordnung glaubt, und klammert sich an das Kleine, und wagt den Blick zu Gott noch nicht und dient ihm, wenn man mich recht versteht, am Rande."

„Eine Gottesfurcht mit Hindernissen etwa!" Karl lachte. „Eine schüchterne Gottesfurcht, eine verschämte Gottesfurcht!"

„Ich kann nicht," sagte der Pfleger, „alles so sagen, wie ich es denke. Aber vielleicht wollte ich es so sagen wie Sie, Herr Fanta. Ich glaube sozusagen, daß der gottesfürchtige Mensch abergläubig sein kann und dergestalt seiner Gottesfurcht nachleben. Ich täusche mich gewiß nicht, wenn ich glaube, daß dieser hier mir beistehen wird, den Kranken des Glaubens teilhaftig werden zu lassen. Ein sündiger Mensch wie ich. Wie ich ein Metzger bin und wie auf meinem Weg lockend die Kehlen der Kälber sind, so ist auf seinem Weg lockend der Glanz des Goldes, und er ist von der Gier nach Geld besessen. Jeder von uns muß das Seine zu Ende tragen."

„Hörst du es," sagte Karl. „Du bist von der Gier nach Geld besessen!"

„Von der Gier nach Geld?" fragte Polzer leise. „Ich besitze keines."

Der Pfleger sah Polzer an.

„Man muß sich seine Gedanken und seine sündhaften Taten immer wieder lebendig machen, denn sie sind nie vergangen und nie gebüßt. Denn man erträgt nur so zu Ende. Ich erzähle, auf daß ich es neu erleide und zu Ende trage, von meinen Sündenfällen. Ich erzähle, wie man das Kalb ergreift, wo man das Messer ansetzt, wie das Blut springt, wie man die Haut von den Beinen löst. Ich gürte mich mit dem Messer ..."

Er machte eine Bewegung, als wollte er das Messer holen.

Karl Fanta sah ihn gespannt an.

„Lassen Sie das," sagte er rasch, „lassen Sie das!"

„Ich zeige es oft den Frauen. So erleide ich es noch einmal."

Er schwieg einen Augenblick und sah Karl und Polzer fest an.

„Mir ist, als sei ich da vor Ihnen, mich zu demütigen und zu bekennen, was ich vor den Frauen nicht bekennen kann. Solches würde die Keuschheit verletzen. Ich bitte Sie: höhnen Sie mich und schelten Sie mich, wenn ich es bekannt habe! Ich will Ihnen zeigen, wie groß meine Demut ist und mein Wille zur Sühne und doch noch so gering.“
Er holte tief Atem.
„Als ich sehr jung war, siebzehnjährig, bot ein Mann mir Geld an, wenn ich mit ihm komme. Der Mann war gut gekleidet, und ich fürchtete keine Gefahr. Das Geld lockte mich. So ging ich mit ihm. Wir kamen in eine Wohnung, in der mehrere Männer waren. Es waren gut gekleidete Männer, man hätte sie können Herren nennen. Sie boten mir Wein an. Als ich einiges getrunken hatte, verlangten sie von mir, daß ich mich entkleide. Ich wies sie zurück. Sie drangen in mich, aber ich weigerte mich hartnäckig. Da ließen sie mich. Ich saß in einem Winkel. Vor mir stand Wein. Die Männer stießen miteinander an, und sie bekümmerten sich nicht um mich. Da verließ mich der Herr. Ich hatte weiter getrunken. Ich erhob mich. Ich trat in die Mitte des Zimmers, alle blickten mich an, ich riß mir die Hose vom Leibe und stand so vor den Männern.“
Der Pfleger hatte die Hose geöffnet und sein Geschlecht entblößt. Mit starrem Gesicht sah ihn Karl Fanta an. Polzer bewegte sich nicht. Er schloß die Augen.
Der Pfleger stand mit vorgeneigtem Kopf in der Mitte des Zimmers. Seine Stimme hatte sich nicht gehoben und nicht gesenkt. Leiser, doch gleich eintönig, fuhr er fort:
„Ich bekenne mich dazu und tue es wieder. Ich stehe vor Ihnen in entsetzlicher Scham und Erniedrigung. Dergestalt erleide ich von neuem die Sünde. Ich warte, daß Sie mir fluchen, mich verspotten und mich verhöhnen.“
Der Pfleger schwieg. Er schien mit geneigtem Haupt zu warten. Karl machte eine Handbewegung.
„Sperren Sie sich wieder zu, Herr Sonntag,“ sagte er unsicher lächelnd.
Der Pfleger schloß seine Hose.

„Wenn man jede Sünde zweimal tun müßte,“ sagte Karl langsam, „müßte der Mörder, bloß um zu bekennen und sich zu demütigen, zweimal ermorden.“
„Ich weiß es nicht,“ sagte Sonntag.
„Man könnte meinen,“ fuhr er nach einer Pause fort, „daß es Beispiele gibt. So sagt man, die Juden ermordeten christliche Kinder und Jungfrauen. Ich hasse die Juden nicht. Man sagt, daß sie es um Ostern tun, um dieselbe Zeit, um die sie Christum ermordet haben. Mir ist, als müßten sie es immer wieder tun, um diese Tat immer wieder zu erleiden.“
„Was sind das für Reden,“ sagte Karl. „Glauben Sie solche Ammenmärchen? Niemand kann es beweisen, nie wurde es bewiesen. Woher wissen Sie es?“
Er sprach erregt.
„Man weiß das,“ sagte der Pfleger.
„Man weiß es? Wie können Sie das sagen! Wer weiß es? Wer hat es gesehen? Weißt auch du es, Polzer?“
„In meiner Jugend erzählte man es mir so,“ sagte Polzer.
„So? Hat man es dir also erzählt? Und du, Polzer, natürlich, glaubst es, wie, das hat dir ja noch gefehlt, Polzer! Also, ich zum Beispiel oder wer bringen zu Ostern Kinder um, glaubst du, wie? — Warum wohnst du mit mir, ja, ja!“
Warum wohne ich mit ihm, dachte Polzer.
„Nicht so,“ sagte Polzer. „Dein Vater und du haben Gutes an mir getan, ich weiß es. Es ist ein Vorurteil auf dem Lande.“
„Ein Vorurteil auf dem Lande.“ Karl ahmte Polzers Stimme nach. „Ich danke dir, Polzer. Tatsächlich, es ist ein Vorurteil auf dem Lande. Dagegen kann ich nichts sagen.“
Er sah Polzer böse an.
„Ich wollte Sie nicht verletzen,“ sagte der Pfleger. „Ich wollte nur sagen, daß es jeden zu seiner Tat treibt, immer von neuem. Man sagt, daß eine dunkle Macht den Mörder zwingt, von seiner Tat zu sprechen, auch wenn die Gefahr sehr groß ist. Gott zwingt ihn dazu. Wenn ich mit meinem Messer jemanden ermordet hätte, aus Geldsucht, ein Weib, ich möchte diesen Fall annehmen, würde es mich treiben zu erzählen, wie ich

ihr im Schlaf mit der linken Hand die Nase schnell einen Augenblick lang zugehalten habe. Dann hebt sich einen Augenblick lang das Kinn und es spannt sich die Haut über der Kehle. Diese Haut muß gespannt sein, wenn es mit einem Schnitt geschehen soll. Sie ist fett, und leicht bilden sich Fältchen. Dann schneidet man rasch mit der Rechten zu. Es muß gleich geschehen, denn kaum hat das Kinn sich gehoben, fällt es wieder zurück. Das Messer muß fest angesetzt werden, daß es nicht gleite. Man kann mit einem Schnitt den Kopf vom Rumpfe trennen."

„Oh Gott," sagte Karl, „was sprechen Sie! Es wird einem ganz bange, Herr Sonntag."

„Fürchten Sie sich? Herr Fanta, fürchten Sie sich nicht! Der Erlöser ist Ihnen nahe. Ich weiß, Sie werden nicht ohne den Glauben zu ihm eingehen."

„Das hat doch noch Zeit, Herr Sonntag!"

„Glauben Sie? Zu uns allen kann der Tod kommen, jede Stunde. Wie erst zu Ihnen, der Sie krank sind. Herr Fanta, er hat Sie schon an der Schulter gerührt. Bekennen Sie sich zu ihm, ehe es zu spät ist, der für Sie gelitten hat, daß auch Sie erlöst seien! Herr Fanta, der Tod steht vor der Tür."

Er machte einen Schritt nach der Tür. Karls verzerrtes Gesicht war vor Entsetzen erstarrt.

Polzer stand auf.

„Was tun Sie?" sagte er. Er griff erschrocken Sonntags Arm. Der Pfleger wandte sein Gesicht Polzer zu. Polzer ließ ihn los. Die kleinen Augen des Pflegers sahen ihn an.

„Auch Sie sind noch nicht am Ende, Herr Polzer," sagte er. „Einmal vielleicht wird es sein, wie heute vor uns beiden werden Sie dastehen und bekennen."

„Ich weiß nicht ..." sagte Polzer zögernd.

„Sie wissen nicht, was Sie bekennen sollten? Sie wissen nichts von Ihrer Gier nach Geld? Denken Sie an die Uhr, die wir in Ihrem Koffer gefunden haben. Und warum wollen Sie denn von Frau Porges erfahren, wo sie ihr Geld hintut? Vielleicht ist es wirklich nur Ihre Neugierde, die Sie treibt. Sie zieht Sie und lockt Sie. Aber dann, wenn Sie wissen, wo das Geld ist, wird das Böse Sie ganz ergreifen und Sie werden suchen, das Geld in Ihre Hände zu bekommen."

„Nein, nein," sagte Polzer.

Karl hatte die Augen geschlossen. Der Pfleger trat auf ihn zu und entkleidete ihn. Dann schlang er beide Arme um Karls Rumpf. Er hob ihn auf und legte ihn auf das Bett.

„Ich bin müde," sagte Karl.

Sie gingen und versperrten von außen die Tür.

Im dunklen Flur fühlte Polzer, daß jemand neben ihm stehe. Es war der Pfleger.

„Sie verbirgt Geld," sagte er flüsternd nahe an Polzers Ohr. „Vielleicht vergräbt sie es. Sie bekommt Geld von allen Seiten, von Frau Fanta, vom Herrn, von Franz."

„Von Franz?" fragte Polzer.

„Vielleicht auch von andern. Gehen Sie morgen nachmittags bloß bis zum Kloster. Kommen Sie dann nach Hause. Ich werde Ihnen leise öffnen, Herr Polzer."

Polzer trat in sein Zimmer. Es war dunkel und Frau Porges schlief.

16

Franz Polzer kehrte am Kloster um. Er schlug den Weg nach Hause ein. Das, was ihm der Pfleger nun anvertrauen wollte, wenn er vorzeitig vom Spaziergang heimkehrte, hatte ihn seit gestern abend ununterbrochen beschäftigt und beunruhigt.

Am Karlsplatz beschleunigte er seinen Schritt. Als Polzer noch auf der letzten Stufe stand, öffnete sich vor ihm schon geräuschlos die Wohnungstür.

Der Pfleger ergriff ihn am Arm und zog ihn rasch über die Schwelle. Er hatte den Finger an die Lippen gelegt. Polzer sah ihn fragend an.

„Er muß ihr Geld geben!“ Sonntag flüsterte so leise, daß Polzer Mühe hatte, ihn zu verstehen. „Alle müssen ihr wohl geben, der Tenor, der Student, weiß Gott, wer sonst noch! Kommen Sie!“ sagte er.

Sie standen vor der Tür zu Polzers und Klara Porges' Schlafzimmer. Die Tür war geschlossen. Der Pfleger hob den Fuß und stieß ihn kräftig gegen die Tür. Das Schloß knackte und brach und die Türflügel wichen vor Franz Polzer weit auseinander. Polzer hörte einen Schrei. Er erkannte die Stimme der Witwe. Sie stand nackt im Zimmer. Sie bückte sich und hob ihr Hemd vom Boden und hielt es sich vor den Leib.

Polzer bewegte sich nicht. Er sah Klara Porges nicht an. Die Witwe raffte ihre Kleider zusammen und ging an Polzer vorbei in die Küche.

Polzer sah Franz Fanta an. Er wollte sich umdrehen und sehen, ob der Pfleger noch hinter ihm sei, aber er konnte den Blick von Franz Fanta nicht abwenden. Franz Fanta stand knapp an der Mauer zwischen den Fenstern. Der Kopf war leicht hintenüber geneigt, die Augen waren halb geschlossen, als wartete er.

Was wird geschehen, dachte Franz Polzer. Worauf warten wir? Ihm war, als habe er ihn schon so gesehen. Vor vielen Jahren einmal. Hatten sie einander nicht damals weinend geküßt und umarmt? Und wartete er, Polzer, nun nicht, all die Jahre nicht, daß dieser ihn wieder küsse und umarme? Ja, darauf wartete er. Alles war wie ein versunkener Traum: wo waren diese Glieder, in welchem Lazaretthof waren diese Glieder begraben, er hatte von einem häßlichen Namen geträumt, von einem widerlichen Namen, von den blutigen Wunden seiner schwangeren Frau. Die ganze Nacht nun hatte er unter Büchern die Hose geplättet und morgens die Schuhe geputzt. Nur die Hände mußte er verbergen. Oh, nun hob der Nackte die Arme vor sich, als fürchte er sich. Oh, Scham und Rührung waren also auch in ihm!

An der Wand hing der Mantel. Zögernd trat Polzer über die Schwelle. Franz Fanta hatte den Kopf in den Armen geborgen. Sein Rücken bewegte sich. Er weinte.

„Schäme dich nicht," sagte Franz Polzer.

Er legte den Mantel über ihn.

Er sah Frau Porges schon angekleidet in der Küche stehen. Langsam ging er in die Küche zu ihr.

„Kommen Sie," sagte er. Nichts regte sich in ihm.

Sie sah ihn fragend an.

„Kommen Sie!" wiederholte er. „Sie brauchen den Hut nicht."

Sie traten auf die Straße. Sie trug keinen Hut. Wohin wollte er? Er sah sie ohne Hut, und er wunderte sich, daß er sich an nichts erinnere. Es war keine Angst in ihm, kein Haß, als er sie ansah. Alles war bewegungslos.

Es ist gut, daß sie keinen Hut trägt, dachte er. Wir sind kleine Leute, dachte er. Wir müssen schlechte Kleider tragen, wir müssen! Da kommt alles her. Besser für uns, die guten Kleider zu zerreißen, als sie zu tragen, dachte er.

Sie traten in ein kleines Café. Sie setzten sich an einen Tisch, der abseits an der Wand stand. Sie saß ihm gegenüber. Ihr Gesicht war bleich und dick wie das Gesicht einer Leiche. Ihre Augen wichen ihm aus. Er sah sie ruhig an. Ihr Haar war vom Wind an den Schläfen zerrauft. Wo war das alles schon geschehen?
Er wußte, daß er nun zu sprechen beginnen würde. „Was war das?“ sagte er. Er vernahm, fremd, den Klang seiner Stimme. Ihm war, als habe er seine Stimme noch nie gehört.
Sie führte das Taschentuch an die Augen.
„Weinen Sie nicht,“ sagte er.
Sie zuckte mit den Achseln.
„Ich will alles wissen,“ sagte er.
Er sah sie schweigend an.
„Quäle mich nicht! Sieh mich nicht an! Sieh mich nicht so an! Du weißt es ja! Wozu fragst du mich noch?“ sagte sie. Sie drückte das Tuch gegen das Gesicht. „Wie es kam,“ sagte er.
Sie rückte auf dem Stuhl.
„Wie es kam … Was soll das! … Er sah mich immer so an …“
„Er ist noch ein Knabe,“ sagte Polzer leise, „ich habe ihn sehr geliebt.“
Es bewegte sich nichts an ihm.
„Wie es kam,“ sagte er.
„Gott, quäle mich nicht! Was heißt das, wie es kam! Wie kommt das! …“
„Alles!“ sagte er.
Er neigte sich über den Tisch. Er sah ihr Gesicht an. Er erschrak über dieses Gesicht. Wieso war dieses Gesicht vor ihm, dieses bleiche Gesicht!
„Ich habe dir alles gesagt.“
Warum konnte er nicht aufstehen und fort? Was hielt ihn an ihr?
„Alles … alles mußt du hergeben! … Das Geld … Warum willst du Geld von ihm? … Und die andern …“ Er hob die

Hände. Sie sah sein verzerrtes Gesicht. „Alle haben dich gehabt, alle, der Student, der Tenor, die Herren aus der Bank, am Ende auch Karl, wer noch, wer noch!"

„Man lügt," rief sie. Sie wich seinem Blick aus. „Er lügt, wer es dir gesagt hat, lügt! Er soll ersticken an dieser Lüge, wer es dir gesagt hat!"

„Schwöre, daß er lügt!"

„Ich schwöre, nur laß mich!"

„Ich lasse dich nicht," sagte er. Warum geht es mich an, dachte er. „Nein, nein, ich lasse dich nicht."

„Nun habe ich dir geschworen," sagte sie.

„Schwöre mir bei deiner Mutter, bei deiner toten Mutter," sagte er. „Schwöre, daß du ihre Asche verfluchst, wenn er wahr spricht... Schweigst du? Warum schweigst du, warum schwörst du es nicht?"

„Quäle mich nicht," sagte sie schluchzend.

„Also schwörst du es nicht. Also hat man die Wahrheit gesprochen."

Sie schwieg.

„Gestehe es!" sagte er.

„Du weißt es doch," sagte sie leise.

Da begriff Franz Polzer, daß sie ihm gehöre.

Er ließ die Arme sinken. Was sollte er nun? Was sollte er nun noch?

„Alle," sagte er, „alle ... oh Gott."

Sie weinte.

Er sah den dunklen Flaum über den leblos fetten Wangen. Wie eine Leiche, dachte er. Er wußte, daß sie häßlich sei. Nun konnte er nie los von ihr. Sie hatte schwarze Haare zwischen den Brüsten.

„Wer noch?" fragte er leise.

„Niemand, niemand, oh Gott, quäle mich nun nicht mehr!"

„Schwöre," sagte er.

„Ich schwöre."

Er schüttelte den Kopf.

„Nein, so nicht. Das Kind in meinem Bauch soll eine krumme Mißgeburt sein, der Aussatz soll es in meinem Leibe fressen: ... schwöre so!"
„"Nein," sagte sie, „nein, nein!"
„Nicht alle."
Er schüttelte langsam den Kopf.
„So viel Unrecht leiden ..." Sie schluchzte.
„Und das Kind" sagte er, „und das Kind."
Bald würde das Kind da sein. Bald würde dieser Bauch weit aufgehen. Wer hatte diesen Bauch so schwellen gemacht? Alles mußte sie sagen, alles wollte er aus ihr reißen, alles mußte er wissen, denn nun gehörte sie ihm, nun konnte er nicht fort von ihr, wie die roten Hände gehörte sie ihm, bis an ihr Ende, bis an sein Ende Tag und Nacht, immer mußte er alle Schmach aus ihr quälen und wieder tragen. Sie sollte keinen Hut tragen mehr, immer den nackten Scheitel wie eine, die im Laden steht, so mußte es sein. Man hatte ihn aus der Bank gejagt. Warum doch, dachte er, hat man mich aus der Bank gejagt? Nun ist alles hereingebrochen.
Er sah sie schweigend an. Sie trocknete ihre Tränen.
„Ich habe dir alles gesagt," sagte sie. „Nun ist es gut, Polzer! Alles ist vergangen. Das Kind ist von dir, Polzer! Wir werden heiraten. Alles wird gut!"
Er erhob sich.
„Ja, ja," sagte er. — —
In dieser Nacht schlief Polzer nicht. Er saß aufrecht im Bett. Er hörte den Schritt des Pflegers aus dem Nebenzimmer. Er hielt den Atem an und lauschte. Wer wollte etwas von ihm? Was wollte der Pfleger von ihm?
Manchmal hörte er einen tiefen Seufzer. Wie wenn ein Sterbender seufzt. Hatte der Pfleger geseufzt? Polzer wollte schreien. Aber sein Atem kam trocken aus dem Hals.
Er schloß die Augen nicht. In seinen Ohren klang die eintönige Stimme des Pflegers. Wo hatte er sie gehört?
„Das Böse ist nicht für den Bösen da. Denn für ihn ist nichts da. Auch das Böse ist für den Gottesfürchtigen da. Nur der

Gottesfürchtige kann es erleiden und dieses ist die Gnade. So geht er ihm nicht aus dem Wege, sondern, wenn es da ist, nimmt er es auf sich. Denn er muß bis zu Ende tun und bis zu Ende erleiden."

Die Schritte verstummten.

Frau Porges schlief. Sie lag auf dem Rücken. Nun konnte sie nicht mehr auf der Seite liegen.

Polzer sah sie im Dunkel nicht. Aber er wußte, wie die Decke sich über ihrem Leib wölbte bis zum Hals. Und wie darüber der Scheitel lag.

Er saß im Bett und blickte unverwandt und bohrend in das Dunkel, dorthin, woher ihr Atem kam. In dieser Nacht dachte er an alles. Alles war lebendig nacheinander und zugleich. Später wußte er es nicht mehr. Manchmal erhellte sich ihm ein Augenblick aus dieser Nacht wie ein vergessenes, wiedergesprochenes Wort. Ihm war, als sei es ein Stein, unter dem Entsetzliches vergraben liege. Wie im Traum quälte er sich, diesen Stein von der Stelle zu wälzen, aber es war, als gebe er nach allen Seiten nach und doch weiche er nicht.

Es war still und nur ihr Atem ging. Aber war es nicht, als schleiche etwas? Durch den Flur in das Zimmer? Oh, es war doch alles Feste gelöst, oh, es hatte doch nichts Gesetzliches mehr Bestand.

Was knarrte? Hatte der Kasten geknarrt? War das kein Schritt auf der Diele, daß sie plötzlich knarrte, ein schleichender Schritt, ein Mörderschritt! Fremde Türen gingen im Haus, öffneten sich und schlossen sich. Was schlich durch das Dunkel? Sollte er aufstehen, bebend an den Türen stehen und lauschen, in die finstern Ecken mit den Händen tasten? Ging der Mörder durchs Haus?

Seine Augen schmerzten. Er bewegte sich nicht. Klara Porges schlief. Warum schlief sie? Hörte sie es nicht? Wie hatte sie es gesagt?

„Alles ist vergangen. Alles wird gut."

Nichts wird gut, nichts ist vergangen. Alles ist da und alles ist wach, wie kann es vergangen sein! Das Heiligenbild hängt nicht mehr an der Wand neben dem Bett wie zu Hause. Das ist vergangen, aber die Nacht ist nicht vergangen, wie sie war, als er im Bett lag und die Schritte knarrten und er im Flur stand und die Tür aufging und der nackte Schatten kam und der Vater. Nichts ist vergangen. Aber sie atmete, als wenn es vergangen wäre, die Schwangere, als wenn dieser Gedanke nicht mehr wäre, der einmal plötzlich da war, dieser unbegreifliche, entsetzliche Gedanke. Ihr Bauch atmete mit. Das Kind im Bauch atmete, das lebendige Kind. Bald wird der Bauch geöffnet sein und das Kind wird vor Polzer liegen, nackt, mit Schlauchgliedern und tiefen Einschnitten im Fleisch an den Gelenken, ein Mädchen mit einem Strich zwischen den Schenkeln. Nein, nein, das wollte er nicht. Das alles wollte er nicht, das alles sollte nicht sein. Aber das alles mußte sein, denn nichts konnte vergangen sein. Sie war häßlich und alles war eine Qual.

Aber es mußte alles eine Qual sein und mußte alles häßlich sein. Ja, ja ... So erst war es sein, wenn es häßlich war, er war selbst häßlich, mit roten Händen — — oh Gott, warum hatte er den neuen Anzug genommen — — er hatte den Dienstmädchen die Gurken verkauft und die Tante hatte ihn gehalten mit ihren Nägeln an den Fingern, wenn der Vater ihn schlug, und Milka hatte ihn auf der Treppe ergriffen. Die Decke wölbte sich über dem Bauch und der Scheitel lag darüber. Von wem war das Kind in dem Bauch? Alle hatten sie mißbraucht. So gehörte sie ihm. Aber es war nicht vergangen.

Er wollte aufstehen, die Schwangere wecken. Ganz nah wollte er das Gesicht vor ihren Kopf legen und den Scheitel, den Scheitel ... „Nichts ist vergangen," wollte er sagen. Es war nicht zu Ende. „Sprich!" Alles sollte sie sagen. Wie sie den Knaben verführt habe, gelockt ... er wußte doch nichts, der Knabe ... wie sie ihn ergriffen, an sich gezogen habe. Und von den andern, von allen, alles sollte sie sagen, sollte sich winden und es sagen, wie sie auf ihr gelegen waren, wohin sie mit ihren Händen gegriffen haben, hierhin und dorthin, dieser und jener, genau, genau, wie jeder, wie er es getan habe, wie oft und wie lang, und wie sie geseufzt und geatmet habe, alles sollte sie sagen.

Er wollte die Decke wegziehen und sie sehen. Den geschwollenen Bauch, die Haare zwischen diesen Brüsten, die sich zur Seite schoben, wenn sie lag, das fette Gesicht, die Hände, die alle Männer gegriffen hatten, überall hin. Sie war häßlich und mißbraucht. Ihr Körper war gelb. Aber: so mußte es sein. So war sie unter ihnen gelegen, unter allen, und alle hatten sie gebraucht, aber jeder hatte seine Art, seine eigene Art, und von jedem mußte sie es sagen: so und so. Und von wem dieser Leib groß war, von wem das Kind war! Er wollte sie aufdecken und den Leib ansehen: Oh, alles war häßlich und eine Qual, aber es durfte nicht anders sein.

Der Student, der Tenor und alle, einer nach dem andern, nein, es durfte nicht vergangen sein, bis zu Ende mußte man es tragen. Noch schlief sie. Aber nun stand er auf. Er stand neben dem Bett. Die Decke wölbte sich bis zum Hals, wo noch, oh Gott, wo noch hatte sich die Decke so entsetzlich über dem Bauch gewölbt, und da lag der Scheitel. Er wollte die Decke fortziehen, daß er den Bauch sehe, in dem das Kind lag mit dem offenen greuelhaften Spaltstrich zwischen den Schenkeln, das Kind in dem mißbrauchten Bauch, auf dem sie alle gelegen waren einer wie der andere auf seinem Kinde, auf seinem Bauch. Nackt sollte er sein, wie vor Karl, dem sie ihn hinhielt, zu seiner Hand, daß er darauf taste.

Er lauschte. Keine Uhr ging. Nichts regte sich. Die Nacht verging. Keine Türen öffneten sich leise. Alles schlief. Die Schritte schliefen, das fremde Haus schlief, das Messer schlief, die Schürze mit dem Blut der Kälber schlief. Klara Porges schlief. Ihr Kopf lag zur Wand gedreht auf dem Polster. Der Scheitel lag da, weiß, zwischen den schwarzen Haaren links und rechts. Nichts war vergangen. Auch er war nicht vergangen, immer war er da, seit jeher war der Scheitel da, den der Wind zerstörte; denn sie trug keinen Hut. Sie schlug ihn und sie quälte ihn und immer hatte sie ihn geschlagen und das Brot versperrt. Aber nun konnte er den Scheitel zerstören. Sie schlief. Er konnte diese Nadel aus dem Knoten nehmen, diese und diese, dann würde er zerfallen. Er mußte es leise tun, damit sie nicht erwache.

Der Knoten löste sich. Sie bewegte sich nicht. Sie atmete tief. Er nahm das Haar in die Hand. Er wollte den Scheitel verdecken. Es knisterte unter dem Haar. Er ließ das Haar los. Es fiel auseinander. Auf dem Polster lag Geld.

Polzer bewegte sich nicht. Er sah das Geld an. Das ist das Geld, dachte er. Das ist das Geld. Von allen unter dem Scheitel das Geld! Für den Bauch das Geld. Ihre Ohren lagen bloß. Er hatte noch nie ihre Ohren gesehen. Die Ränder waren nicht umgebogen. Es waren ausgeplättete Ohren. Sie waren gelb wie das Wachs von Kirchenkerzen, tote, ausgeplättete Ohren. Man konnte mit der linken Hand die Nase einen Augenblick lang zuhalten. Dann spannte sich die Haut über der Kehle. Die Kehle mußte gespannt sein. Denn die Haut ist fett, und es bilden sich Fältchen. Er erschrak. Es hatte zu lange gedauert. Sie warf den Kopf. Sie hatte die Augen geöffnet. Sie hatte etwas gesprochen. Es hatte wie aus dem Schlaf geklungen.

Er wartete. Er hatte den Kopf über sie geneigt. Nun schlief sie wieder. Sie atmete ruhig und tief. — —

Am Morgen schlich Polzer aus dem Zimmer. Er schloß leise die Tür hinter sich.

Er trat beim Pfleger ein. Der Pfleger wusch sich. Auch Karl war wach. Polzer trat auf das Bett zu.

„Sie trägt es im Haar," sagte er. Seine Stimme war heiser. Er ließ sich auf einen Stuhl fallen.

Karl und Sonntag blickten ihn an. Er war bleich und seine Füße zitterten.

„Das Geld," sagte er, „das Geld."

Er erhob sich.

„Ich will fort," sagte er.

Er tastete, als sehe er nichts, bis er zur Tür fand.

Zwei Stunden später stand er vor dem Haus. Die Portiersfrau kehrte den Hausflur.

„Was ist das für ein Säckchen, Herr Polzer," fragte sie.

„Ich habe es auf der Treppe gefunden," erwiderte er. „Jemand hat es verloren."
„Das ist Frau Porges' Kopftuch," sagte sie.
„Dann hat sie etwas dareingeschlagen und es auf dem Weg verloren. Einen Kohlkopf vielleicht."
„Es ist voll Blut," sagte sie.
„Also ein Kalbskopf vielleicht," sagte Franz Polzer, „oder sonst dergleichen."
Er ging die Treppe hinauf und trat bei Karl ein.
„Nun," sagte Karl. „Was ist denn! Du hast wohl schlecht geträumt heute, Polzer?"
„Sie trägt das Geld im Haar. Dort trägt sie das Geld. Wo ist Herr Sonntag?"
„Er ist fortgegangen. Er geht morgens immer in die Kirche. Nun muß er bald zurück sein."
Karl neigte sich vor. Er sah Polzer auf den Schoß, wo das Bündel lag. Sein Blick flackerte.
„Du bist ein Kalb, Polzer," sagte er, „du bist ein Kalb! Ich kann dich nicht retten, Polzer. Du weißt, wie man einen Menschen tötet, er hat es dir deutlich gesagt. Man drückt ihm die Nase zu. Am Ende wirst du daran glauben. Ich weiß mehr, Polzer, aber ich bin der Nächste, sieh mich an, Polzer, sieh mich an!"
„Was ist denn?" fragte Polzer.
„Schweig," sagte Karl. „Rette sich wer kann! Es geht uns allen an den Kragen."
Er schloß die Augen.
Als Sonntag kam, saß Polzer noch immer neben Karl.
„Was haben Sie in der Hand?" fragte der Pfleger.
„Ach ja," sagte Polzer. Er hielt es noch immer auf den Knien. „Sie hat etwas darein eingeschlagen und es verloren. Ich fand es auf der Treppe."
„Darf man sehen, was es ist?" fragte der Pfleger.
Er zog an der Masche, zu der die Zipfel des Tuches geschlungen waren. Er hob das Tuch und Klara Porges' Kopf rollte von Polzers Schoß auf den Boden.

Der Haarknoten war gelöst. Aber der Scheitel war nicht zerstört. Polzer bemerkte es genau. Denn der Kopf stand unbeweglich auf der Halsfläche vor ihm auf dem Boden.

17

Karl hatte aufgeschrien. Es gellte Polzer wie aus weiter Ferne in den Ohren. Aber er konnte den Blick nicht vom Kopf wenden. Der Pfleger schob nun Karl in Frau Porges' Zimmer. Der Rumpf lag halbbekleidet ohne Kopf quer über dem Bett. Als Sonntag mit Karl zurückkehrte, hörte Polzer sie sprechen:
„Wie entsetzlich," sagte Karl, „wie entsetzlich häßlich!"
„Die Schönheit, Herr Fanta," entgegnete ihm der Pfleger, „ist an Toten nicht mehr zu erkennen."
Polzer wollte aufstehen, aber er vermochte es nicht. Wie lange sollte das dauern? Er sah den Kopf an. Die Lider waren halb herabgefallen. Es war, als blinzelten die Augen aus einem schmalen weißen Spalt. Man sollte den Kopf forträumen, ganz fort, damit alles vorüber sei.
Karl richtete sich auf. Er atmete laut. Er blickte den Pfleger an. Der Pfleger stand mit geneigtem Haupt in der Mitte des Zimmers.
„Hilfe," schrie Karl, „Hilfe! Es muß etwas geschehen. Das kann doch nicht so bleiben! Den Kopf ..."
„Man soll alles unverändert lassen, bis die Polizei kommt," sagte der Pfleger Sonntag. „Es ist so die Regel. Bald wird Ihre Frau kommen, Herr Fanta, dann werde ich gehen, das Notwendige zu veranlassen."
Der Pfleger war in Frau Porges' Zimmer gegangen. Polzer fühlte Karls Blick auf sich. Ja, ja, es war etwas geschehen. Wenn man sich bloß entsinnen könnte, aber es war wohl schon zu lange her. Nun war alles vergessen. Der Pfleger kam wieder. Man hörte seinen Schritt nicht. Er hatte einen lautlosen Schritt. Nur die Dielen knarrten nachts bei diesem Schritt. Er hielt das Messer in der Hand. Auf dem Messer war Blut. Warum reinigten sie es nicht? Karl seufzte auf und ließ den Kopf sinken.

„Das ist das Messer,“ sagte der Pfleger. „Damit haben Sie es getan, Herr Polzer.“
„Geben Sie es fort,“ sagte Karl, „was wollen Sie nun mit dem Messer?“
„Wo ist das Geld?“ fragte der Pfleger.
Immer das Geld. Nun war es klar, man hatte ihr den Kopf vom Hals geschlagen. Wer? Was sagte der Pfleger? Oh Gott, am Ende war es wahr, und er, Polzer, hatte es getan. Das Haar, in dem das Geld war, war gelöst, aber der Scheitel war nicht zerstört.
Der Pfleger hob das Messer und breitete die Arme aus.
„Christus,“ sagte er, „Christus! Wir tun die Sünde um ihn. Um unsere Erniedrigung ist das Böse da, daß wir immer wieder die Sünde erleiden. Diese Sünde ist Ihre Sünde, und in dieser Welt ist keine Erlösung!“
Er drückte Polzer das Messer in die Hand.
„Sühnen Sie weiter die Tat!“
Polzer hatte sich erhoben. Warum verdeckten sie den Kopf nicht, daß er nicht mehr blinzle? Polzer sah Karl an. Karls Mund war offen. Sein Gesicht war erstarrt. Man sollte beten, dachte Polzer. Was wollte der Pfleger von ihm? Oh Gott, etwas lag dunkel in seinem Kopf wie ein Stein, etwas Entsetzliches war geschehen. Man mußte sich erinnern. Als er vorhin Karl gegenübersaß, ehe der Pfleger gekommen war, hatte Karl etwas gesagt. Er hörte den Klang von Karls Stimme, aber er erinnerte sich nicht. Bloß daß sie gelbe Ohren hatte, gelb wie Wachs, Ohren wie eine Leiche, erinnerte er sich. Er hatte es gesehen. Aber nun war alles vorüber. Vielleicht würde er nun wieder in die Bank gehen, jeden Morgen. Nun war sie fort. Etwas war mit einem Kind gewesen, mit einem weiblichen Kind. Nun hatte man sie erschlagen. Mit der Linken die Nase zugehalten, dann spannte sich die Haut über die Kehle. Es mußte schnell geschehen, denn leicht bildeten sich Fältchen. Oh Gott, vielleicht konnte es so gewesen sein.
Polzer stand vor Karl. Er hielt das Messer in der Hand. Hinter ihm war der Pfleger zu Boden gesunken. Die Perlen des Ro-

senkranzes glitten durch seine Finger. Er betete murmelnd. Es gibt keine Rettung als zu beten, dachte Polzer, stundenlang inbrünstig zu beten.

„Was willst du?“ fragte Karl heiser. „Gib das Messer fort! Willst du mich töten? Ich werde schreien! Was habe ich dir getan? Hilfe, Hilfe!“

„Du hast etwas gesagt,“ sagte Polzer.

Des Pflegers Murmeln verstummte.

„Was habe ich gesagt? Habe ich gesagt, daß ich sie ermordet habe? Habe ich das gesagt? Glauben Sie ihm nicht, Herr Sonntag! Ich habe nichts gesagt. Er ist der Mörder, niemand sonst kann es gewesen sein. Und gebt den Kopf fort, ruft die Polizei, macht ein Ende! Werft den Kopf aus dem Fenster auf die Straße, daß die Leute kommen, Hilfe, Hilfe!“

Der Pfleger hatte sich erhoben.

„Du hast etwas gesagt,“ sagte Polzer.

„Gesagt, gesagt! Bleiben Sie, Herr Sonntag, ich habe nichts gesagt. Daß ich keine Füße habe, habe ich gesagt. Daß man mich töten kann, habe ich gesagt, daß du ein Kalb bist, habe ich gesagt. Gib das Messer fort, du bist der Mörder!“

„Bekennen Sie es,“ sagte der Pfleger. „Sie haben es um ihr Geld getan.“

Polzer ließ das Messer fallen. Er sank in die Knie.

„Hilf mir,“ sagte er.

Karl schwieg.

„Wer hilft mir,“ sagte er leise. „Wer hilft mir?“

Der Pfleger näherte sich Karls Stuhl. Karl sah ihm mit aufgerissenen Augen entgegen.

„Bleiben Sie,“ schrie er, „bleiben Sie! Ich helf ihm nicht! Was würd ich ihm helfen? Bleiben Sie!“

Die Klingel ging.

„Mit Ihrer Erlaubnis,“ sagte der Pfleger und verneigte sich. „Ich gehe, Frau Fanta zu öffnen. Ich werde sie in das Nebenzimmer führen. Denn dieses könnte für eine Dame leicht unerträglich sein.“

Karl neigte sich weit vor. Aus seinem Mund floß Speichel. „Flieh," flüsterte er, „flieh! Ich kann nicht sprechen. Er tötet auch mich. Ich weiß, wer den Kopf auf die Treppe geworfen hat. Es ist alles ins Kleinste bedacht, flieh, flieh!"
Ja, ja, dachte Polzer; man muß fliehen. Man muß fort von hier. Sie haßten ihn alle. Auch Franz kam nicht. Man muß zurückkehren. Man muß wieder im Laden stehen und den Scheitel der Tante sehen. Man muß es bis zu Ende tragen, dachte er. Es ist für uns so da.
Der Pfleger trat wieder ein. Man hörte aus dem Nebenzimmer Doras Schluchzen.
Polzer erhob sich vom Boden. Er wandte sich um und schritt langsam zur Tür.
Karl blickte ihm nach.
„Ich gehe fort," sagte Polzer.
Karl richtete sich auf. Er warf den festgeschnallten Körper, daß der Stuhl sich bewegte:
„Nein," schrie er, „nein! Du darfst nicht fortgehen, Polzer, du darfst mich nicht allein lassen, Polzer! Es geht mir an den Kragen, bleib, bleib, laß mich nicht allein mit diesem ..."
„Mit Ihrer Erlaubnis?" unterbrach ihn der Pfleger Sonntag eindringlich und ruhig. „Vielleicht werde ich Sie mit Herrn Polzer allein lassen. Es will mir derart angenehmer erscheinen."
Karl atmete laut. Seine Stirne war feucht. Der Pfleger legte die Schürze ab und schlug sie um das Messer. Er schritt lautlos zur Tür seines Zimmers.
„Ich werde mich von Frau Fanta verabschieden. Die Höflichkeit erfordert es so. Ich kenne wohl die Pflichten des Anstandes. Bedecken Sie den Kopf der Verstorbenen mit einem Tuch, Herr Polzer!"
Er verneigte sich und schloß lautlos die Tür hinter sich.
Karls Kopf war zur Seite gesunken. Er bewegte sich nicht. Es schien, als habe er das Bewußtsein verloren.

Spracheigentümlichkeiten, Grammatik und Interpunktion des Textes der Erstausgabe wurden weitgehend beibehalten.

Notiz über Hermann Ungar

Harald Kaas

Er starb, sechsunddreißig Jahre alt, am 28. Oktober 1929 an akuter Blinddarmentzündung in einem Prager Krankenhaus: ein mährischer Jude, ein Romancier und Geschichtenerzähler, Dramatiker und Diplomat. Auf dem Gymnasium war er Klassenprimus gewesen; in der deutschen Literatur, in der er ein Primus hätte werden können, wurde er bald vergessen. Heute ist er verschollen wie Hadwiger, Leppin und Lemm, Randfiguren der Prager deutschen Literatur wie er — doch bei keinem ist das Vergessenwerden, die nahezu totale Verschollenheit so unerklärlich wie in seinem Fall. Gewiß, es gab die zwölf braunen Jahre; doch andere, die in der braunen Flut versanken, tauchten neuerdings auf: Hermann Ungar blieb verschollen, ein Gerücht, ein „Tip", obendrein nicht beliebt bei den Prager Gefährten — Max Brod kanzelt ihn ab, Willy Haas erinnert sich noch in den sechziger Jahren ungern an ihn. Dabei war er liebenswürdig, wenn auch von metaphysischen Zweifeln zerfressen, schon in der Schulzeit ein Witzemacher, ein melancholischer Possenreißer, der wegen seines Charmes auf die Mädchen Eindruck machte. Kurz, das Gegenteil jener makabren Helden, die er in seinen Büchern schildert. Verdüstert zwar schien er in späteren Jahren manchem seiner Freunde, doch war er kein Pechvogel, kein notorisches Stiefkind des Glücks. Eros und Thanatos waren die Pole, zwischen denen er kreiste und die seinen Arbeiten — über jede wohlfeile psychologische Deutung hinaus — das metaphysische Arom geben, auf das Thomas Mann, einer seiner frühesten und treuesten Bewunderer, anspielte, als er in seinem Nachruf auf den Verstorbenen, das „Todgeweihte" in Ungars Kunst und Wesen hervorhob: „Es ist in seiner Komik, die nicht lacht, seiner geschlechtlichen Melancholie, der bitteren und oft unheimlich gemessenen Art seiner Lebensaussa-

ge, — es ist in seiner geistigen Physiognomie und war selbst in seiner physischen etwas Bleiches, Gezeichnetes, streng Hoffnungsloses, zu dessen prophetischer Ausdeutung es keiner Spökenkiekerei bedurfte, und das mich hindert, seinen frühen Tod als Zufall zu empfinden."
Ungars Jugend war keineswegs unglücklich verlaufen. In Boskovice, einem mährischen Städtchen zwischen Brünn und Olmütz geboren, schien er ein Glückskind. Die Eltern, deutschsprachige Juden — nur mit der slawischen Einwohnerschaft des Ortes wurde tschechisch gesprochen —, waren musische Leute, kinderfreundlich und jederzeit bereit, den Knaben und seine beiden jüngeren Geschwister nach eigener Fasson glücklich werden zu lassen. Geldsorgen gab es im Hause des Fabrikanten Emil Ungar nicht; und die Schule bereitete dem kleinen Hermann keine Schwierigkeiten. Im Deutschen Gymnasium zu Brünn avancierte er bald zum Primus der Klasse. Obendrein war er ein heimlicher Dichter. „Ich habe ... viele Theaterstücke geschrieben, fast alle zwischen meinem fünfzehnten und siebzehnten Lebensjahr, Stücke mit sehr viel leidenschaftlicher Liebe und vielen grauenhaft ermordeten Leichen." Ein Mitschüler war der einzige, dem der heimliche Poet Einblick in seine Produktion gewährte. „Bei diesem Freund kostete ich zuerst die Wonnen von Erfolg und Anerkennung." Wonnen, die Ungar später nicht mehr genießen sollte! Er hat drei Prosabücher veröffentlicht. Von ihnen zusammen wurden knapp viertausend Stück verkauft. Dieser exemplarische Mißerfolg setzte sich nach Ungars Tod in der nahezu totalen Vergessenheit des Autors fort. Dabei hatte alles hoffnungsvoll begonnen. Es fehlte nicht an Ermutigung — Hermann Bahr lobte Ungars frühe Gedichte —, und die Gewißheit, ein Poet zu sein, bestärkte den jungen Mann in seinen hochfliegenden Plänen. 1911, nach der mit Auszeichnung bestandenen Matura, geht er als Student nach Berlin, ein — wie sein Freund Gustav Krojanker berichtet — „blonder, rosiger Knabe mit weichen Zügen ... kaum daß er in seiner Sofaecke saß, zückte er auch schon ein umfangreiches Manuskript und gestand mir den Traum seiner zwanzig Jahre, nichts

geringeres als ein Dichter zu werden.“ Je mehr er freilich zum Dichter wurde, um so mehr steigerte sich die Angst, am Ende keiner zu sein. Die Selbstsicherheit schwand mit der wachsenden Meisterschaft. Je besser Ungar seine Mittel beherrschte, desto mehr mißtraute er ihnen. Eine charakteristische Hypochondrie macht sich bemerkbar, wenn er 1928, ein Jahr vor seinem Tod, notiert: „Seitdem ich denke, quält mich eine Angst, die mir ärger ist als die Angst des Todes. Das ist die Angst, daß meine Arbeit Handwerk würde, wertlos.“ Fortan fand er in jedem Lob, das ihm gespendet wurde, Beunruhigung. Rilke hat die Geschichte des verlorenen Sohnes als desjenigen erzählt, der nicht geliebt werden wollte. Auch Ungar — so sehr er sich den Erfolg wünschte — mißtraute der Wertschätzung und Liebe, die ihm zuteil wurde. Liebe kann Hinterhalt, Falle sein. Mißtrauen (das bei seinen Helden paranoide Züge annimmt) war auch Ungars Teil. Doch die Verfolger, die seine Protagonisten wie Spiegelbilder erblicken und als pathische Projektionen ihrer selbst, als schauriges Ensemble ungelebter Möglichkeiten sich aufbürden, bleiben bei Ungar aus: Er hat nur einen Verfolger — sich selbst!

1912: Ungar geht an die Universität München und beginnt das Studium der Rechte, das er im folgenden Jahr an der Deutschen Universität Prag fortsetzt. Schon 1913 legt er die erste juristische Staatsprüfung mit Auszeichnung ab. Als Student tritt er für den Zionismus ein, meldet aber — Skeptiker, der er ist — bald Bedenken an. 1914: Erster Weltkrieg. Ungar, der Einjährig-Freiwillige, wird 1916 verwundet und als „frontuntauglich“ entlassen. 1918 bricht das alte Österreich zusammen. Ungar promoviert zum Doktor der Jurisprudenz, wird aber weder Advokat noch Richter, sondern geht — seinen literarischen Neigungen folgend — als Dramaturg und Schauspieler ans Stadttheater zu Eger. 1920 wird er Bankangestellter in Prag und tritt als Autor hervor: Die Erzählungen „Ein Mann und eine Magd“ und „Geschichte eines Mordes“ erscheinen unter dem Titel „Knaben und Mörder“. Die erste Erzählung handelt von einem Mann, der ohne Eltern in einem „Siechenhause“

aufgewachsen ist: „Ich bin ein neuer Anfang gewesen. Ich wuchs heran ohne Tradition.“ Ein neuer Anfang, bar jeder Tradition, gewissermaßen *tabula rasa* — und damit das Gegenteil von Ungars eigener Jugend! Ungars Fähigkeit, die eigenen neurotischen Ängste in seinen Helden Gestalt werden zu lassen, funktioniert wie ein Abwehrmechanismus. Für jedes triebhafte Versagen liegt die „Erklärung“ bereit: Armenhaus, Prügel, der ständig betrunkene Vater ... Man sieht das nur richtig, wenn man im Auge behält, daß Ungar sich eine Pseudobiographie erdichtet: Es war zwar nicht so, aber es würde so zu mir passen! Panische Geschlechtsangst, wie wir sie von Otto Weininger kennen, paart sich — wiederum wie bei Weininger — mit der Angst vor dem Verbrechen, und zwar *dem* Verbrechen, das man selber begehen zu „müssen“ glaubt. In der zweiten Geschichte, erzählt von einem Mörder in seiner Zelle — das Motiv findet sich bei Ferdinand Kürnberger —, wird das deutlich. Der Mörder, eine Figur, die in der kühlen Distanziertheit der Sprache an Camus' „Fremden“ erinnert, berichtet: „Ich weiß nicht, ob meine Abneigung gegen bucklige Menschen die Folge meiner tiefen Abneigung gegen den buckligen Friseur in unserer Stadt gewesen ist oder ob, umgekehrt, meine ursprüngliche Abneigung gegen Verwachsene sich in diesem Menschen bestätigt hat. Mir will scheinen, daß ich von jeher einen unüberwindlichen Widerwillen gegen alles von Gott mit Höcker, Geschwür, Aussatz, Flechten und ähnlichem Makel Gezeichnete empfunden habe, ja, im Grunde sogar gegen alles Schwache und Zarte, selbst gegen Tiere, soweit sie eben von Natur aus nicht mit Stärke und Kraft versehen waren.“ Dabei ist der Erzähler selber schwächlich, klein von Wuchs und ruft, wie er gesteht, den Eindruck „leichter Verwachsenheit“ hervor. Also wieder eine Projektion! Und dieses Abwehrverhalten steigert sich, bis es endlich, in den „Verstümmelten“, Ungars 1923 erschienenem Meisterwerk, paranoide Züge annimmt. In allen von Ungar geschilderten Fällen resultiert das zwanghafte oder paranoide Verhalten aus traumatischen Jugenderlebnissen. Es lohnt sich, die Jugend der Ungarschen Helden an einigen Beispielen zu belegen. Zunächst „Ein Mann und eine Magd“: „Ich war ein armes Kind, noch dazu aus dem Siechenhause ...“. „Geschichte eines Mordes“: „Meine Knabenjahre sind nicht von Liebe umgeben gewesen wie die anderer Menschen. Niemand war je gütig zu mir.“ „Die Verstümmelten“: „Der Vater schlug Franz Polzer oft, und die Tante hielt ihn fest. Wenn Polzer nachts von ihm geträumt hatte ... wollte er am Tage, wenn er ihm begegnen mußte, wieder von ihm geschlagen sein. Ihm war so, als müßte er alles wahr machen, auch seinen Haß gegen den Vater, dadurch, daß dieser wirklich mit seinen schweren Fäusten ihn in den Rücken schlage.“ Zu den Zwängen, Fetischismen und Idiosynkrasien, die Ungar schildert, gesellt sich eine erhebliche masochistische Komponente. Polzer *will* vom Vater geschlagen werden, um seinem Haß die Motivation zu geben. Das Opfer wandelt sich in den Täter. Die Einsicht, daß dem Masochisten die Rolle des Stärkeren zufällt, indem er seinen Quälgeist dirigiert, ihm Vorschriften macht, wofern er ihn nicht geradezu erpreßt, wird von Ungar aus der abseitigen Welt Sacher-Masochs in den Alltag heimgeholt. Wie so viele deutsche Autoren altösterreichischer Herkunft — wie Robert Musil, Ernst Weiß, Franz Kafka, Rilke oder der frühe Werfel — gibt Ungar den Ausschnitt, der die Welt repräsentiert: Internate, Klassenzimmer, Büros, Gefängniszellen. Doch fehlt alles Graziöse, die Zierlichkeit des Schreckens, jene Arabesken, in die Kafka — der Schüler und Liebhaber Robert Walsers — das Entsetzen kleidete. Thomas Mann, der darauf hinweist, daß Kafka bei der ersten Vorlesung seines Romans „Der Prozeß“ Tränen gelacht habe, spricht von der Komik Ungars als einer, die eben *nicht* lache. In der Tat fällt es leichter, über Josef K. zu lachen als über Ungars Helden, etwa über Franz Polzer. Die heitere Genauigkeit Kafkas, seine unerschütterliche Neutralität setzt die Parabel voraus. Kafkas Romane und Prosastücke als Krankengeschichten zu lesen, ist durchaus verfehlt; zu viel des psychoanalytischen Tiefsinns wurde schon an ihn verschwendet. Hingegen ist es nicht nur legitim, sondern ganz unumgänglich, den psychopathologischen Charakter etlicher

Texte Ungars zu beachten. Viele seiner Gestalten sind exemplarisch für bestimmte Krankheitsformen; die Geschichte Polzers in „Die Verstümmelten“ ist eine Krankengeschichte von äußerster Akribie — freilich aufs Phänomenologische beschränkt, unter striktem Verzicht auf Symbol und Deutung. Unmöglich, sie als „psychiatrisches Märchen“ zu lesen, wie Krafft-Ebing sich ausdrückte, als er die ersten Krankengeschichten Sigmund Freuds las.

1922 publiziert die „Neue Rundschau“ Ungars Erzählung „Colberts Reise“, die 1930 den Titel für einen Nachlaßband mit Erzählungen gibt. Im November des gleichen Jahres heiratet er Margarete Weiß geb. Stransky, eine umworbene Frau, die seinetwegen ihre Ehe gelöst hatte. Der Verbindung entstammen zwei Söhne; der jüngere wurde zwei Wochen vor dem Tod des Vaters geboren. Ungar war 1921 nach Berlin übergesiedelt und arbeitete als Handels-Attache an der tschechoslowakischen Gesandtschaft. Im literarischen Berlin blieb er Außenseiter; das Kaffeehaus war nicht seine Sache. Anfang 1923 erscheinen „Die Verstümmelten“ bei Rowohlt. Die Aufnahme des Buches war zwiespältig. Stefan Zweig konstatierte: „.. eine furchtbare Vorliebe für schlechten Geruch, für die Miasmen der Seele, für ungelüftete, schweißige, unreinliche Situationen und seine Mitleidslosigkeit für schwache oder sentimentalische Nerven grenzt an Perversion.“ In seinem zweiten Roman, „Die Klasse“, 1927 erschienen, schreitet Ungar auf diesem Weg fort. Die Hauptgestalt, der Lehrer Josef Blau, ist in mancherlei Betracht ein Verwandter Franz Polzers: „Er wußte, daß die Blicke der Knaben ihn umlauerten, daß jede Blöße, die er sich gab, sein Verderben werden konnte.“ Halt findet Blau in seinem unerschütterlichen Glauben an das „Gesetz“, vor dem er sich zugleich fürchtet. Hier mögen Motive im Spiel sein, die Ungar stark beschäftigten. Ein Jugendroman, der nie veröffentlicht wurde, behandelt die Auflehnung eines jungen Juden gegen das überlieferte „Gesetz“ der Orthodoxie. Bemerkenswert auch hier Ungars Fähigkeit, Determinanten zu finden, die in seinem eigenen Leben keine Rolle spielten. Er selbst war der Orthodoxie nie unterworfen.

Auch Josef Blau wird ständig von der Angst begleitet, ein hartes, unbekanntes Gesetz zu übertreten: „Man lud Schuld auf sich, die man nie begriff oder zu spät. Eine grausame Gewalt war da. Sie hütete das Gesetz und richtete mit Strenge. Gott stand da, der Hüter des Gesetzes, wie der Lehrer in der Schule, doch umweht von erdrückendem Geheimnis.“ Ungars Gottesbild ist — bei aller religiösen Indifferenz des Autors — sehr jüdisch. Sein Gott ist der zürnende Jahve des Alten Testaments. Das „Gesetz“, obwohl es jedermann zugänglich erscheint, ist von Geheimnis umgeben. Wie bei Kafka, dessen Josef K. das Gesetz auf sich nimmt, ohne es zu begreifen, gibt es auch bei Ungar nur die Möglichkeit, sich abzufinden. Aber Ungar psychologisiert, wo Kafka — vom Ende der Psychologie überzeugt — Legenden und Parabeln erzählt. Ungar schildert das Gesetz, unter dem einer angetreten ist, so, daß dem Leser deutlich wird, warum es mit Polzer, mit Blau und den anderen Protagonisten bergab geht. Die Handlungen sind durch Traumata bestimmt, alles ist psychologisch determiniert. Dieser Kausalnexus fehlt bei Kafka. An die Stelle der Determinante tritt die Leerstelle. Die Motive bleiben im Dunklen. Man sieht, daß Ungars Berührungspunkte mit dem „Prager Kreis“ nicht eben zahlreich sind. Weder mit dem Frühexpressionismus der Hadwiger und Leppin hat er zu tun; noch mit Kafka, Brod oder Oskar Baum.

Zwischen den beiden Romanen hatte Ungar lediglich ein Werk herausgebracht: In der Reihe „Außenseiter der Gesellschaft“ erschien 1925 sein Dokumentarbericht „Die Ermordung des Hauptmanns Hanika“; das Buch ist von Interesse, da es Ungars sozialkritische Haltung deutlicher erkennen läßt als seine übrigen Arbeiten; literarisch ist es — trotz handwerklicher Präzision und Finesse — ohne Belang. Im selben Jahr erscheint in der „Literarischen Welt“ eine Untersuchung mit dem Titel „Was die Manuskripte des Dichters verraten. Ein Blick in die Werkstatt Thomas Manns“: „Vielleicht wird einer oder der andere diese Untersuchung nicht gutheißen. Er wird sagen, daß es vermessen sei, zu entzaubern... Aber ich fürchte diesen Einwand nicht: ich bin dafür zu entzaubern. Ich bin dafür, an die Stelle romantischer Vorstellungen von dem Wesen des Dichters das Wissen um die Schwere und das Aufreibende seiner Sendung zu setzen." Man sieht, daß auch im Hinblick auf die Arbeitsauffassung eine geheime Verwandtschaft zwischen Ungar und dem von ihm verehrten Thomas Mann bestand. Das folgende Jahr ist sein erfolgreichstes: Übersetzungen von „Knaben und Mörder" ins Französische und Tschechische, Erscheinen des zweiten Romans! Ungar wird zum Legationssekretär ernannt und ins Außenministerium nach Prag versetzt. Am 15. September 1928 wird in Berlin sein Schauspiel „Der rote General" aufgeführt. Regie: Erich Engel. Titelrolle: Fritz Kortner. Wichtig, da es sich um das einzige an die Öffentlichkeit gelangte Werk Ungars handelt, worin er sich explizit mit Problemen des Judentums auseinandersetzt — literarisch aber wie die meisten dramatischen Versuche Ungars von untergeordnetem Interesse! Er selbst war unzufrieden mit seinem Werk: „Ich fühle selbst, daß ich an diesem Stück nicht genug gearbeitet habe." Solche Klagen ist man von Epikern, die sich mit dem Theater einlassen, gewöhnt. Immerhin: Ungar gelingt es — im zweiten Anlauf — die Gesetze der Bühne zu meistern. Auf der Grundlage seiner Erzählung „Colberts Reise" entsteht das Lustspiel „Die Gartenlaube". „Es müßte gelingen", notiert er, „in diesem Colbert und seinen Mitspielern wirklich Menschliches aufzudecken ..." Und ihm gelingt auch, was er sich vorgenommen hat. Freilich, die Uraufführung am 12. Dezember 1929 wird er nicht mehr erleben. Mit diesem Stück hätte Ungar als Dramatiker erreicht, was ihm als Epiker bereits gelungen war. Alfred Kerr, der mit Ausnahme Ernst Tollers kaum einen der Jüngeren gelten ließ, schloß seine Kritik über das Werk des Verstorbenen mit den Worten: „Geht hinein — und seht, was wir verloren haben."

Die „Sakramentalität des Sinnlichen", von der Thomas Mann im Hinblick auf Ungar spricht, umreißt das Wesen der Ungarschen Kunst präzis. In gleichsam bis auf die Knochen abgemagerter Prosa, in der — wie bei Dostojewskij — die Natur, alles Blühende, Wuchernde, Grüne rigoros ausgespart ist, gibt

Ungar eine Form der Wahrnehmung, eine Art zu sehen, zu empfinden, die ihresgleichen unter seinen Zeitgenossen nicht hat. In „Die Verstümmelten“ sagt Dora, die Frau des an Krebs erkrankten Karl Fanta, eines Jugendfreundes von Polzer: „Er hat kein Herz mehr. Sein Herz ist auch von Geschwüren zerfressen. Darum ist er so grausam zu mir.“ Darauf folgt ein unvergeßlicher Satz des Erzählers: „Sie sah ihn fest an. Er fühlte, daß diese Erklärung all ihrer Leiden etwas Geheimnisvolles sei, etwas schwer Erdachtes, dem man nicht widersprechen dürfe.“ Schwer erdacht und geheimnisvoll in diesem Sinne ist die Welt Franz Kafkas, aus der mitunter ein plötzlicher Lichtstrahl auf Ungars Werk zu fallen scheint. So, wenn es in „Die Verstümmelten“ heißt: „In dieser Nacht beunruhigte Polzer der Gedanke, der junge Wodak könnte in der Bank Bemerkungen über die Begegnung im Café machen. Polzer wußte nicht, wie er dem begegnen sollte. Eine Darstellung seines Verhältnisses zu der Witwe, das der Wahrheit nicht entsprach, konnte seine Stellung untergraben.“ Man muß sich vergegenwärtigen, was der Ausdruck „Stellung“ in diesem Zusammenhang bedeutet. Polzer, ein Rädchen im großen Getriebe, ein Nichts, eine anonyme Null, fürchtet um seine „Stellung“. Die Diskrepanz zwischen seiner tatsächlichen Position und dem auf eine geheimnisvolle Hierarchie deutenden Klang, den das Wort „Stellung“ im Kontext des Romans hat, erinnert wieder an Kafka. Beide Autoren treiben die Schrecken des Alltags auf die Spitze — doch kippt bei Kafka in die Parabel über, was bei Ungar zur psychopathologischen Groteske, zur Dämonologie eines neurotischen Spiegelkabinetts wird. Es ist nicht leicht, Autoren zu finden, die Ungar wesensverwandt sind. Seine Helden aber, zumal der unselige Polzer, feiern immer wieder literarisch Urständ — so z. B. in einem der großen Romane unseres Jahrhunderts, in Elias Canettis „Blendung“: Peter Kien, der bedauernswerte Held dieses Romans, ist von Ungarschem Geist.

EDITION
MASCHKE

Ernst Kreuder,
<u>Herein ohne anzuklopfen.</u>
Roman. 280 Seiten. Efalineinband mit Schutzumschlag.
29,80 DM. ISBN: 3-8147-0006-6.
Mit dem bezaubernden Titel seines Romans lädt der Autor seine Leser in eine Welt ein, die anderen Gesetzen gehorcht als die Alltagswelt.
In dieser Welt sind die „Normalen" krank und die Kranken gesund. Hier kommen die Menschen zu sich selbst, indem sie die Interessen, Begierden und Ängste der Alltagswelt hinter sich zurücklassen. Sie kommen zu einer Entrücktheit, in der sie sich mit dem Vogelflug, mit dem Gefieder der Farne, mit dem Klang des strömenden Wassers und dem Duft der Blumen eins fühlen. „Macht die Augen auf und träumt! Das Wunderbare will durch Euch geschehen." (Ernst Kreuder)

«HOHENHEIM»